아버지가 없는 나라로 가고 싶다

푸른도서관 2
아버지가 없는 나라로 가고 싶다

초판 1쇄/2003년 11월 20일
초판 5쇄/2010년 7월 15일

지은이/이규희
펴낸이/신형건
펴낸곳/(주)푸른책들
등록/제321-2008-00155호
주소/서울 서초구 양재동 115-6 푸르니빌딩 (우)137-891
전화/02-581-0334~5 팩스/02-582-0648
이메일/prooni@prooni.com 홈페이지/www.prooni.com

ISBN 89-88578-97-X 03810

아버지가 없는 나라로 가고 싶다

이규희 지음

푸른책들

1

"수희야, 애비한테 가자!"

할머니는 언제나 나를 데리고 시내에 있는 아버지의 집으로 가기를 좋아했다.

걸음을 걸을 때마다 할머니의 흰 고무신이 봄 햇살에 눈부셨다. 숯다리미로 말끔하게 다려 입은 치마저고리에선 사각사각 옷자락 스치는 소리가 났다. 마치 마을 잔칫집에라도 가는 듯한 차림새다.

천안 중학교, 성당 앞을 지나 시내로 들어서자 오가는 사람들이 한결 많아졌다. 여기저기 소달구지나 말이 끄는 수레를 몰고 가는 사람, 장보따리를 이고지고 가는 사람들이 보였다.

"오늘이 장날이란다. 우시장도 열리고! 이따가 장터에 가서 맛있는 순대 사 주마."

할머니는 내 손을 꼭 쥐었다. 나는 지나가는 마차를 피해 할머니 치맛자락에 바짝 붙어서 걸었다. 참 신기한 일이다. 말은 어떻게 걸어가면서 똥을 누는 것일까? 떨어진 말똥에서 뭉게뭉게 하얀 김이 피어 오르는 게 보였다.

시내는 정말 우리 동네하곤 많이 다르다. 트럭이며 버스, 마차도 쉴새없이 다니고 사람들이며 가게도 많다.

저만치 하얀 바탕에 까만 글씨로 쓴 '서울 한의원' 간판이 보인다. 아버지의 한약방이다. 그 안에서 아버지는 아픈 사람들의 손목을 잡고 진맥을 할 것이다. 은빛 침통에 들어 있는 침으로 환자들 몸에 꾹꾹 침도 놓고, 약장 앞에 하얀 사각 종이를 주욱 늘어놓고 첩약도 지을 것이다.

나는 하얀 가운을 입은 아버지가 환자들을 진찰하는 걸 바라보는 게 참 좋다. 금빛 안경 너머로 환자들을 그윽이 바라보며 자상하게 이것저것 묻고, 때때로 눈을 지그시 감고 진맥을 하는 모습은 그림처럼 아름답다. 하지만 할머니와 나는 언제나처럼 한의원으로 직접 들어가지 않고 안채인 살림집으로 들어간다.

"아유, 어머니 오셨어요? 수희도 왔구나."

서울한의원
밀가루
콩
보리

인기척을 느낀 그 쪽 엄마가 반갑게 우릴 맞아 준다. 그 쪽 엄마는 언제나 사람을 반갑게 맞아 준다. 늘 웃는 낯에다 목소리도 봄 하늘을 힘차게 날아오르는 종달새처럼 상냥했다. 아무리 뚱한 사람도 그 목소리만 들으면 저절로 마음이 풀리고 가깝게 느끼도록 만드는 이상한 힘이 있다.

"아휴, 우리 수희 그새 더 예뻐졌구나. 이 학년 올라가서도 공부 잘한다며? 원체 영리하니까."

그 쪽 엄마는 언제나 나를 칭찬해 준다. 나는 그 쪽 엄마의 칭찬을 들으면 괜히 얼굴이 빨개지고 몸둘 바를 모른다. 하지만 기분이 나쁘지는 않다. 나도 모르게 꼭 닫혀 있던 마음의 빗장이 저절로 열린다.

잠시 후, 드르륵 진찰실 문이 열리며 하얀 가운을 입은 아버지가 안채로 들어왔다.

"아버지, 안녕하세요?"

나는 꾸뻑 고개를 숙여 인사를 했다.

"그래, 수희 왔니?"

아버지는 온몸에 한약 냄새를 풍기며 활짝 웃었다. 나를 보면 저렇게 늘 웃는 아버지가 왜 엄마만 보면 싸늘하게 굳어지는 것일까? 엄마가 아버지를 보면 늘 울기 때문일까? 어쩌다 아버지가 천안 중학교 앞, 우리 집에 오실 때마다 엄마는 늘 눈물을 찔금거렸다.

"이놈의 여편네는 어째서 질질 짜기만 해. 내가 못 해 준 게 뭐 있어. 비단옷을 안 해 줬나, 쌀을 안 사 줬나, 내가 아예 모른 척하고 발을 끊었남. 이런 젠장, 이렇게 울고불고 하면 다신 안 올 테야!"

아버지는 문짝이 부서지게 문을 쾅 닫고는 나가 버렸다.

나는 언덕 위에 쪼그리고 앉아 아버지 특유의 빠른 걸음으로 휙휙 내닫는 것을 바라보았다. 그럴 때마다 마음 속에서 알 수 없는 미움이 움텄다.

'비행기야, 비행기야. 우리 아버지 좀 데려가거라!'

천안 중학교 위로 쌔액쌕 지나가는 비행기를 보며 나는 속으로 외쳤다.

아버지의 뒷모습을 바라보며 나는 알 수 없는 분노를 느끼곤 했다. 하지만 내가 할 수 있는 일이란 그저 주먹을 꼭 쥔 채 점점 멀어져 가는 아버지를 노려보는 것뿐이었다.

'불쌍한 엄마!'

한참을 쪼그려 앉아 있던 나는 그제서야 퍼뜩 엄마가 걱정되었다. 보나마나 엄마는 또 할머니한테 당하고 있을 터였다. 아니나 다를까, 마당까지 할머니의 카랑카랑

한 목소리가 들려 왔다.

"그래, 니가 꿔다 놓은 보릿자루처럼 꿍하고 앉아 있는디, 글시 어떤 놈이 너 좋다고 하것냐? 지집이 좀 사근사근하고 감칠맛이 있어야지, 원! 그래, 수철 에미 뽄 좀 봐라. 남편한테 을마나 상냥하게 굴고 비위를 잘 맞추는지. 그저 입 안에 든 사탕 같지. 아마 넌 수철 에미 발뒤꿈치도 못 따라갈 게야. 그러니 서방 뺏기고 살지!"

할머니는 버럭버럭 역정을 냈다.

"엄니가 뭘 안다고 그러셔요……."

엄마는 부아가 난 듯 아버지와 나란히 자려고 깔아 놓은 꽃무늬 이부자리 끝자락만 꼭 쥐었다, 놓았다 했다. 아버지가 잠도 안 자고 내쳐 가 버린 것도 속상한 판에 할머니까지 역정을 내자 억울한 듯이.

"아, 이년이 어디다 말대꾸여?"

할머니는 엄마를 향해 팔을 걷어 부치고 달려들었다.

"엄마아!"

"할머니이!"

나와 다섯 살짜리 동생 수영이는 귀청이 떨어질 듯 울어댔다.

할머니는 툭하면 그렇게 역정을 냈다. 남들은 열 번을 봐도 다 떨어진 의원 시험을 딱 한 번 만에 붙은 자랑스런 한의사 아들과 함께 살지 못하는 게 엄마의 잘못이라도 되는 양 구박을 하는 것이다.

우리 집은 그렇게 늘 큰 소리와 다툼만 있었다. 하지만 그 쪽 집은 달랐다. 꼭 집어 말할 수는 없지만 뭔가 따뜻한 것이 있었다. 나는 그게 뭔지 몰랐다. 그런데 그날 아버지 집에서 밥을 먹던 나는 비로소 알았다. 그 따뜻함이 어디서 나오는지를.

"어머니, 점심 안 드셨지요? 여기서 드시고 가세요. 마침 맛있는 굴비가 있는데 구워 드릴게요."

돌아가는 길에 장터에 들러 국밥이랑 순대를 사 먹으려던 할머니와 나를 그 쪽 엄마는 기어이 붙잡아 앉혔다. 그 쪽 엄마는 손이 참 재빠르다. 부엌에서 뚜닥뚜닥 소리

가 들리더니 어느새 척 밥상을 차려서 내놓는다.

그 쪽 식구들과 할머니와 나는 둥그런 밥상에 앉았다. 검은 콩이 다문다문 얹힌 하얀 쌀밥과 두부를 넣고 보글보글 끓인 청국장, 윤기가 잘잘 도는 굴비구이를 보자 저절로 침이 꼴깍 넘어갔다.

"자, 어서 먹자."

할머니가 수저를 들자 모두 밥을 먹기 시작하였다. 그 때였다. 나는 갑자기 열심히 밥을 먹는 식구들의 얼굴을 바라보았다. 아버지, 그 쪽 엄마, 수철이, 수민이 모두들 편안한 얼굴로 밥을 먹고 있었다. 아랫목에 누워 있는 갓난아기인 수애마저 저 혼자 옹알이를 하며 방글방글 웃고 있었다.

너무나도 행복해 보이는 풍경이었다. 참, 이상한 일이었다. 우리 집보다 별다를 것 없는 밥상이건만 왜 다른걸까? 나는 그 때서야 문득 깨달았다. 밥이 끓을 때 풍겨오는 구수한 냄새 같은 따스함이 어디에서 나오는지를.

그건 언제나 아버지가 집에 계셔서 같이 밥을 먹을 수 있기 때문이었다. 그 쪽 엄마가 아버지를 위해 조물조물 맛있는 반찬을 만들고, 예쁜 그릇에 음식을 담아 내놓고, 아이들이 그 옆에 옹기종기 둘러앉아 아버지와 함께 밥을 먹을 수 있다는 것, 그게 우리 집하고 다른 모습이었다.

'그래, 우리 집엔 아버지가 없기 때문이야!'

나도 모르게 눈자위가 뜨거워졌다. 금방이라도 스물스물 눈물이 나올 것만 같다. 나는 그 쪽 동생들이 내 얼굴을 볼까 봐 얼른 일어나서 화장실로 달려갔다. 그리곤 화장실에 앉아 방 안에서 도란도란 들려 오는 말소리, 웃음소리를 들으며 소리없이 울었다. 알궁둥이를 그대로 내놓은 채.

"수희야, 오늘 아부지 약방에 손님 많더라. 사람들이 그러는디, 아부지가 침도 잘 놓고 약도 잘 지어 주는 아주 용한 의원이라고 하더라. 저기 목천이나 병천, 광덕, 직산까지도 소문이 자자하다는구먼! 할미가 진찰실 문을 쬐끔 열어보니까 마침 장날이라 그런지 약 지을 사람들이 주욱 앉아 있더라. 그래서 할미가 오늘 돈 많이 타왔다. 자, 봐라!"

할머니는 자랑스럽게 빨간 복주머니가 든 치마 속을 툭툭 친다.

"수희야, 뭐 사 줄까?"

할머니는 잔뜩 들뜬 목소리로 묻는다. 그 쪽 집에서 돌아오는 길에 할머니는 늘 내게 맛있는 센베이 과자며

찹쌀떡, 사탕 같은 걸 사 주었다. 특히 오늘처럼 아버지한테 돈을 많이 받아서 기분이 좋을 때는 무엇이든 말만 하면 다 사 주었다.

"그냥, 눈깔사탕 사 줘."

나는 괜히 심통을 부린다. 아버지의 집에서 밥을 먹으며 느꼈던 알 수 없는 슬픔이 내 마음을 뒤흔든 탓이다. 그래서 다른 때 같으면 오래오래 양쪽 볼로 옮겨 가며 빨아 먹었을 눈깔사탕을 와드득와드득 깨물어 먹었다. 아버지를 우리 집으로 데려오지 못하는 게 화가 난다는 듯이.

오랜만에 복주머니가 두둑해진 할머니는 시장에서 쇠고기, 갈치, 나물 등 이것저것 반찬거리를 샀다.

할머니는 이렇게 아버지와 우리 집의 중간 다리였다. 아버지한테 타 온 돈을 빨간 복주머니에 담아 놓고는 쌀이며 땔나무, 콩나물, 꽁치…… 모든 걸 할머니가 다 산다. 엄마한테는 절대로 돈을 내주는 법이 없다. 엄마는 그저 할머니가 사온 걸로 살림만 할 뿐이었다.

나와 할머니는 그렇게 아버지의 집을 오갔다.

2

어느 틈에 꽃샘추위도 지나고 화창한 봄이 찾아왔다. 전봇대나 벽에는 얼마 전에 끝난 대통령 선거의 벽보가 찢겨진 채 너덜너덜 붙어 있었다. 이번 선거에서 또다시 이승만 할아버지가 대통령이 되자 어른들은 수군대며 야단이었다. 어떤 사람들은 이승만 할아버지가 부정 투표로 당선되었다고 '내 표를 내놔라!', '선거 다시 하자!' 하며 울분을 터뜨리기도 했다. 길거리에 붙어 있던 이승만, 이기붕의 사진이 마구 찢겨져 너덜너덜해졌다. 나는 길을 걷다가 한쪽 눈만 남은 이승만 할아버지의 사진을 볼 때면 괜히 등골이 오싹하였다. 사람들이 왜 대통령 할아버지를 미워하는지도 알 수 없었다.

학교의 탱자나무 울타리에 막 연둣빛 새싹이 돋고, 분홍 벚꽃이며 목련이 다투어 피어나던 사월이었다.

"서울에서 난리가 났댄다, 난리가!"

할머니가 긴 다리로 두루미처럼 겅중겅중 들어서며 외쳤다.

"난리가 나다니요?"

엄마는 눈을 둥그렇게 떴다. 6·25 전쟁 때 이리저리 피난을 다니느라 죽을 고생을 했다는 엄마는 난리라는 말에 겁이 더럭 난 눈치였다. 인민군을 피해 겨우 시골로 피난을 갔는데 이번에는 얼굴이 쌀뜨물처럼 허여멀건 양코쟁이들이 마을을 덮쳐서는 젊은 여자들을 찾아다녔다고 했다. 새색시였던 엄마와 고모는 장롱 뒤에 숨어서 겨우 피할 수 있었다며 진저리를 치곤 했다. 그 생난리통에 내 위로 낳았다는 두 살짜리 오빠를 잃었다고 했다.

"아, 서울에서 대학상들이 대통령이 사는 경무대로 쳐들어가서 대통령을 내쫓았다잖여."

"아니 대, 대통령을 내쫓아요? 엄니가 뭘 잘못 아신 거 아녀요?"

엄마는 할머니의 말이 가당찮다는 얼굴로 물었다.

"이런 청맹과니 같으니라구! 아, 지난번 선거 때 부정선거를 했다잖냐. 공무원이랑 경찰들을 시켜서 가짜 투

표용지를 내돌렸다나, 어쨌대나."

할머니는 엄마보다 훨씬 아는 게 많았다. 늘 집안 귀신처럼 집에만 붙어 있는 엄마와 달리 할머니는 마실을 다니며 주워 듣는 게 많았기 때문이다.

"그래도 학생들이 무슨 힘이 있다구 대통령을 쫓아내요?"

엄마는 아무래도 믿기지 않는 듯 피식 웃었다. 하지만 할머니 말이 맞는 모양이었다.

그 즈음 시내 아버지 집에 갈 때면 전파사 앞에 사람들이 부쩍 많이 모여 있는 게 보였다. 모두 라디오 뉴스에 귀를 기울이고 웅성웅성 이야기를 나누었다. 신문을 읽고 있는 사람들도 많았다. 아무래도 서울에서 난리가 났다는 할머니의 말은 정말인 모양이었다. 뉴스에서는 대학생뿐 아니라 고등 학생들까지도 데모를 한다고 했다.

어느 날, 나와 순영이는 순영이네 집 마당에서 소꿉장난을 하고 있었다. 순영이는 안마당에, 나는 장독대 옆에 소꿉살림을 차려 놓고는 시엉풀을 뜯어다 반찬을 만드는 중이었다. 그 때, 순영이 삼촌이 머리에 하얀 붕대를 감은 채 마당으로 들어섰다. 왼쪽 다리에도 붕대를 칭칭 동여맨 채 어떤 사람의 부축을 받으며 내려온 것이다.

"사, 삼촌!"

순영이는 외마디 비명을 질렀다. 나도 들고 있던 소꿉 그릇을 땅에 툭 떨어뜨렸다. 순영이 삼촌은 수염이 덥수룩하게 자란 얼굴에 눈은 퀭하게 들어가 마치 거지처럼 보였다. 잠시 후 순영이 할머니가 버선발로 뛰어나왔다.

"아이고, 이놈아! 대통령이 나라를 말아 먹든, 팔아 먹든 너는 그저 쥐죽은 듯 공부나 할 일이지 데모는 뭐 때문에 해! 아이고, 이 일을 어쩌나, 이 일을 어째!"

순영이 할머니는 삼촌의 가슴팍을 주먹으로 쾅쾅 치며 울부짖었다. 서울에서 일류 대학교의 법대에 다닌다는, 이제 얼마 후면 판사가 될 거라며 입에 침이 마르도록 자랑하던 아들이었다.

"아이고, 이놈아! 아이고오……."

순영이 할머니의 울음소리는 쉽게 그치지 않았다. 하지만 순영이 삼촌은 넋이 나간 사람처럼 멀리 태화산만 바라보고 서 있을 뿐이었다.

그 모습을 보자 나는 눈물이 핑 돌았다. 천안에 내려올 때마다 삼촌은 순영이와 나를 자전거에 태우고 저 삼거리 방죽까지 달려가곤 했었다. 앞자리엔 순영이를, 뒷자리엔 나를 태운 채 말이다. 그런 순영이 삼촌이 저렇게 머리에 붕대를 칭칭 감고 다리를 절룩이며 오다니! 나는 믿을 수가 없었다.

그 뒤, 나는 순영이네 집에 갈 때마다 툇마루에 얼빠진 듯 앉아 있는 순영이 삼촌을 보면 쏜살같이 내빼곤 하였다. 순영이 삼촌의 얼굴은 너무나 슬퍼 보였다.

그렇게 뒤숭숭한 날이 계속되자 어른들은 자고 일어나면 으레 라디오에 귀를 기울였다.

"느이 아부지 약방이나 별 탈 없으면 좋으련만."

엄마는 무엇보다 아버지 걱정을 하곤 하였다. 그러던 어느 날 나는 라디오에서 흘러 나오는 대통령 할아버지의 목소리를 들었다. 대통령 할아버지는 국민이 원한다면 대통령직에서 물러나겠다는 말을 하였다.

대통령 할아버지의 목소리는 참 슬프게 들렸다. 나는 머리가 허연, 여든다섯 살이나 된 대통령 할아버지가 무슨 잘못을 해서 쫓겨나는지 잘 알 수는 없었지만, 막상 우리 나라를 떠난다고 하자 괜히 슬펐다.

며칠 후 대통령 할아버지는 부인인 미국 할머니와 함께 하와이로 떠났고 다른 사람이 나라를 다스리게 되었다고 했다.

"이만하길 다행이지."

엄마는 휴우 안도의 숨을 내쉬었다. 아버지의 한의원이 아무 탈없이 잘 되어야만 우리도, 그 쪽 집도 다 잘 살 수 있기 때문이다.

대학생들이 미워하던 대통령 할아버지가 미국으로 쫓겨 가고, 나라는 점점 조용해졌는데도 순영이 삼촌은 여전히 천안에 머물러 있었다.

"순영이 삼촌이 머리를 크게 다쳤다는구나. 정신이 오락가락 해서 이젠 판사 공부를 더 이상 할 수가 없단다. 쯧쯧."

엄마는 혀를 찼다. 생선장사를 하며 동생을 공부시켰던 순영이 아버지가 삼촌이 대학을 졸업하고 판사가 되기만을 손꼽아 기다려 온 것을 알고 있는 까닭이었다.

순영이 삼촌은 밤이면 가끔 무슨 악몽을 꾸는지 고래고래 소리를 질렀다. 나는 담 너머로 그 소리를 들을 때마다 눈물이 핑 돌았다. 순영이 삼촌이 너무나 불쌍했다. 순영이와 내게 자전거를 태워 주고, 장난을 치던 순영이 삼촌은 이제 어디에도 없었다. 다리를 절룩거리고 정신이 나간 채 고래고래 소리만 지르는 무서운 모습만 남아 있을 뿐이었다. 가난해도 늘 웃음을 잃지 않던 순영이네 집은 화창한 봄인데도 한겨울처럼 어두웠다. 햇빛이 그 집만 비켜 간 듯했다.

여름은 그렇게 뒤숭숭하게 지나갔다.

3

빨강, 분홍, 보랏빛 과꽃들이 어울려 피어나고 봉선화 씨방이 저절로 톡톡 터지는 초가을이었다.

"아, 아버지……."

꽃밭에 앉아 봉선화씨를 받던 나는 깜짝 놀라 엉겁결에 일어났다. 느닷없이 아버지가 우리 집에 온 것이다. 그것도 한참 한의원 문을 열고 있을 시간에 말이다.

"엄마, 엄마아! 아버지, 아버지가……!"

나는 치마폭에 모아 놓은 봉선화씨가 죄다 쏟아지는 줄도 모르고 안방으로 냅다 뛰어들어갔다. 늦은 밤에 가끔 와서 주무시고 가던 아버지가 이렇게 환한 대낮에 집에 오다니, 나는 너무 흥분했다.

"뭐, 아부지가!"

엄마도 어지간히 놀랐는지 바느질하던 걸 팽개치고 후닥닥 마당으로 나왔다.

"이 봐, 이 쪽으로 나와 봐."

아버지는 엄마를 보자 다급하게 말했다.

"무, 무슨 일이래요?"

엄마는 사슴처럼 순한 눈을 동그랗게 뜨고 물었다. 짐꾼들이 막 마당으로 커다란 물건을 들고 들어왔다.

"이 전축, 큰방에다 잘 들여 놔. 나중에 친구들하고 와서 놀 테니까."

아버지는 엄마한테 무뚝뚝하게 일렀다.

"자아, 이 쪽으로 조심해서 들여 놓으시오."

아버지는 인부들에게 한 마디 당부를 하곤 바람처럼 휭 사라졌다.

"아닌 밤중에 홍두깨도 아니고, 대체 무슨 일이람?"

엄마는 툴툴대면서도 그다지 싫은 낯빛이 아니었다. 오히려 아버지가 그 쪽 집이 아닌 우리 집에다 비싼 전축을 들여 놓고, 친구들하고 놀러 온다는 말에 기분이 좋아 보였다.

"엄마, 참 좋다! 이거 비싼 거야?"

나도 덩달아 들뜬 목소리로 물었다.

"그럼, 꽤 비쌀 테지."

엄마는 뭔가 소중한 것이라도 되는 양 전축을 닦고 또 닦았다.

그 날 밤, 나는 오줌이 마려워서 일어났다가 소스라쳐 놀랐다. 엄마가 윗목에 놓인 전축 앞에 우두커니 앉아 있는 걸 보았기 때문이다.

"엄마, 뭐해? 누가 훔쳐 갈까 봐 지키는 거야?"

나는 졸린 눈을 비비며 물었다. 사실 나도, 아버지가 큰방에 잘 들여 놓으라고 했던 전축을 도둑맞으면 어쩌나 은근히 겁이 났던 터였다.

"그런 게 아니라…… 이걸 어떻게 켜는 건가 하고 들여다본 거야. 왜, 오줌 마려워서 깼니? 자, 어서 요강에다 누고 자."

엄마는 마치 뭘 훔치다 들킨 사람처럼 얼버무렸다.

하지만 나는 그 때 문득 깨달았다. 엄마가 전축을 아버지 보듯 바라보고 있었다는 걸. 그건 나도 마찬가지였다. 반짝반짝 윤기 나는 전축이 방 안에 턱 버티고 있으니까 아버지가 있는 것처럼 마음이 든든했다.

며칠 후, 땅거미가 내려앉을 무렵이었다.

"빵빵!"

대문 밖에서 자동차 소리가 크게 울렸다. 나는 팔짝팔짝 뛰어나갔다. 대문 밖에 몇 대의 자동차가 멈춰 선 게 보였다. 그 중 한 대의 자동차에서 아버지가 가장 먼저 내렸다. 곧이어 몇몇 아저씨와 날아갈 듯 어여쁘게 치마저고리를 입은 아줌마들이 우르르 내렸다.

"자, 어서들 오게나! 어서!"

이미 술이 붉으레하게 오른 아버지는 호탕하게 외쳤다. 그리곤 마치 개선장군처럼 마당으로 들어섰다.

"어이, 이 봐! 여기 안주랑 술은 요릿집에서 다 시켜 왔으니까 이거 차려 내오고, 어머니 방에 들어가서 꼼짝

말고 있어."

"네에? 아, 알았어요."

엄마는 느닷없이 들이닥친 아버지 앞에서 시녀처럼 쩔쩔맸다.

고운 한복을 입은 아줌마들과 아저씨들이 안방으로 들어가자 아버지는 전축을 열고 음악을 크게 틀었다. 곧이어 쩌렁쩌렁 울리는 음악 소리가 마당까지 흘러 나왔다.

"누나, 아부지 뭐해?"

수영이가 물었다.

"나도 몰라."

수영이와 나는 문틈으로 살그머니 방 안을 들여다보았다.

"히야, 누나! 저거 봐, 춤춘다."

수영이 말이 맞았다. 딴따라라 꿍작쿵작, 딴따라라 꿍작쿵작, 신나는 음악이 울려 퍼지는 가운데 아저씨와 아줌마들은 둘씩 짝을 지어 방 안을 빙그르르 맴돌았다. 그럴 때마다 아줌마들이 입은 분홍, 연둣빛 치맛자락이 부챗살처럼 사르르 펴졌다. 하얀 버선발이 방 안을 스르르 미끄러졌다. 버선코가 오똑 솟아 있는 앙증맞도록 예쁜 발이다.

아버지도 어떤 아줌마 손을 잡고 방 안을 빙글빙글 돌며 춤을 추었다. 그 아줌마는 아버지의 허리에 가늘고 하얀 팔을 꼭 두른 채 사뿐사뿐 잘도 따라갔다. 나는 할머니 방으로 갔다.

"수희야, 니 애비 춤 잘 추지?"

할머니는 뭐가 좋은지 싱글벙글 웃었다.

"엄마, 엄마도 빨리 치마저고리 입어, 응? 빨리."

나는 엄마 손을 잡고 흔들었다.

"옷 입고 뭐하게."

엄마는 쓸쓸하게 웃었다.

"엄마도 아버지하고 춤추란 말이야! 아버지가 어떤 아줌마 손을 잡고 춤추는걸. 엄마도 가, 어서!"

나는 또다시 엄마를 잡고 흔들었다. 하지만 엄마는 대답대신 방바닥만 바라볼 뿐이다. 안방에서는 그렇게 밤이 깊도록 쿵작쿵작 야단이었다. 그럴수록 엄마는 오히려 말이 없어졌다.

그 후로도 그런 일은 자주 되풀이 되었다. 걸핏하면 아버지는 입술을 빨갛게 칠한 아줌마들과 양복을 쭉 빼입은 아저씨들을 우르르 몰고 찾아왔다. 그럴 때마다 엄마는 술상을 내놓고는 숨바꼭질 하는 아이처럼 할머니 방에 꼬옥 숨어 있었다.

그러던 어느 날이었다. 모처럼 그 쪽 엄마가 우리 집에 찾아왔다. 눈꼬리며 입매가 샐쭉 올라간 걸 보니 뭔가 마뜩잖은 낯빛이었다. 아니나 다를까 그 쪽 엄마는 방으로 들어오지도 않고 대청마루에 앉아 다짜고짜 엄마를 나무랐다.

"세상에! 아무리 애가 타서 나 혼자 남편 닦달해봤자 무슨 소용이 있어? 그래, 남편이 춤바람이 나서 기생년들을 데려다가 춤추고 난리를 치면 당장 전축을 때려 부수고 내쫓아야지! 그런데 주안상까지 해 바쳐가며 멍석을 깔아 주다니! 아이구, 답답해라. 도대체 손발이 맞아야 뭘 하지!"

그 쪽 엄마는 한바탕 넋두리를 퍼부었다.

"수희 애비가 데려온 사람들인데, 그럼 어떡하나……."

엄마는 벌받는 아이처럼 잔뜩 주눅이 들어 있었다.

"아니, 그걸 말이라고 하는 건가, 아이고 답답해라!"

그 쪽 엄마는 가슴을 탕탕 쳤다. 도대체 누가 큰부인이고 누가 작은부인인지 모를 지경이다. 그런데도 엄마는 꿀 먹은 벙어리처럼 아무 대꾸도 못하고 그 쪽 엄마한테 당하기만 했다. 아버지나 할머니한테 당하듯이.

나는 엄마의 그런 바보 같은 모습이 가장 싫었다.

그 쪽 엄마가 가고 난 뒤 나는 엄마한테 소리를 질렀다.

"바보 엄마, 멍청이 엄마! 엄마도 큰 소리로 싸워! 그리고 엄마가 이겨, 이기란 말이야. 흑흑!"

나는 너무 분해서 두 발을 쭉 뻗은 채 발버둥쳤다. 아버지가 우리 집에 전축을 들여 놓은 건 엄마가 좋아서가 아니란 걸 그 때서야 알았기 때문이었다. 순전히 그 쪽 엄마가 무서워서 그런 것뿐이었다. 아버지는 엄마의 순하고 착한 마음씨를 이용한 것이었다.

아버지가 방 안에 있는 것처럼 든든하기만 하던 전축이 나는 이제 무섭고 꼴도 보기 싫었다. 어디론가 내다버렸으면 싶었다.

"엄마, 이거 갖다 버려!"

처음에는 안주상에서 남은 맛있는 요리를 먹고, 분 냄새를 풍기는 아줌마들이 손에 쥐어 주는 과자값에 신이 났던 수영이도 발로 전축을 쾅쾅 찼다. 엄마가 그 쪽 엄마에게 당하는 게 어린 마음에도 속이 상했던 모양이었다.

하지만 아무리 그 쪽 엄마가 말려도 아버지의 춤바람은 그치지 않았다. 춤바람에 이어 아버지는 화투놀이까지 손을 대었다.

"오늘, 느이 애비 코빼기도 못 보고 왔다!"

할머니는 빈 장바구니를 대청마루에 던지며 역정을

냈다. 아버지의 한약방으로 돈을 타러 갔다가 허탕을 친 것이다. 그런 일은 날이 갈수록 많아졌다. 아버지한테 다녀올 때마다 늘 장바구니 가득 반찬거리를 사 오고, 나와 수영이를 위해 맛있는 과자며 사탕을 사 오며 의기양양해 하던 할머니의 얼굴에도 점점 웃음이 사라졌다. 그건 할머니뿐이 아니었다.

"아니, 뭐 천안 바닥에 한의원이 여기밖에 없는 줄 아나! 에잇, 다시는 안 온다, 안 와!"

용하다는 소문을 듣고 찾아온 환자들과 보약을 지으려던 단골손님들도 기다리다 못 해 그냥 돌아가곤 했다.

"다 못된 친구 꾐에 빠져서 그런 게야. 느이 애비가 어려서부터 얼마나 총명했는 줄 아니? 남들은 십 년이 걸려도 붙을까 말까한 의원 시험을 글쎄, 딱 일 년 만에 붙었단다! 동네에서 모두 천재라고 칭찬이 자자했지."

할머니는 아무래도 아버지를 두둔하고 싶은 모양이었다. 하지만 아버지의 한의원은 날이 갈수록 먼지만 쌓여 갔다. 나는 2학년의 긴 겨울을 보내고 어느새 3학년이 되려는데 아버지는 여전히 밖으로만 나돌았다.

마침내 할머니의 빨간 복주머니에는 나에게 눈깔사탕 한 개 사 줄 만큼의 돈도 없었다. 우리 집 안방에 놓여 있던 전축도 이미 아버지의 노름 빚으로 팔려 나간 지

오래였다. 가끔 잔칫집에 갈 때마다 끼곤 하던 엄마의 금가락지며 목걸이들도 아버지의 손에 의해 다 들려 나갔다. 엄마가 가장 좋아하던 살구색 반짝이 비단 두루마기도 마찬가지였다.

"그까짓 것! 나중에 다 해 줄게. 더 좋은 걸로 다시 해 주면 될 것 아녀!"

엄마가 뭐라고 한 마디 하지도 않았건만 반짝이 두루마기를 들고 나가며 아버지는 큰소리를 쳤다.

엄마의 반짝이 두루마기가 사라지자, 사실 내가 더 섭섭했다. 얼굴이 하얗고 눈매가 고운 엄마가 그걸 입고 나들이를 나갈 때면 얼마나 근사해 보였는지 모른다. 햇빛을 받고 반짝반짝 빛나던 엄마의 살구색 두루마기, 이젠 그 반짝이 두루마기를 입은 엄마의 모습을 더 이상 볼 수 없다고 생각하니 눈물이 핑 돌았다.

"엄마, 이제 우리 가난해지는 거야?"

나는 더럭 겁이 났다.

"수희야, 걱정하지 마. 아버지는 훌륭한 의원이니까 또 다시 일어나실 거야."

아버지에 대한 엄마의 믿음은 대단했다. 엄마는 정말 그렇게 믿고 있었던 것이다. 그러나 그 믿음을 비웃기라도 하듯 아버지는 점점 몰락하였다. 날마다 한의원을 비우고 노름방이나 술집을 드나들던 아버지는 마지막으로 한의원마저 빚으로 다른 사람에게 다 내줘야만 했다.

"고향을 떠나야 해, 도저히 창피해서 못 살아. 어디 낯선 곳에 가서 새로 시작할 테다. 다시 한의원도 열고 돈 많이 벌어서 고향으로 돌아와야지. 그까짓 거 대통령도 잘못하면 외국으로 쫓겨나는 판국에 나 같은 놈이 고향 떠나는 게 대순가! 어쨌든 그렇게 알고 떠날 준비해. 이 집도 다 빚으로 넘어갔으니까."

아버지는 수염이 덥수룩하게 자란 모습으로 말했다. 오랜만에 우리 집에 찾아와서는 생뚱맞게 작년 봄, 하와이로 망명을 떠난 이승만 할아버지까지 들먹거리면서.

아버지는 늘 그렇게 무안한 일이 있으면 큰소리부터 치는 버릇이 있었다.

"수희야, 아무래도 아버지가 진짜 이사를 갈 모양이다."

엄마는 낮은 목소리로 말했다.

"그럼, 학교는?"

"전학을 가야겠지."

나는 불에 덴 듯 깜짝 놀랐다. 이제 갓 3학년에 올라왔는데 전학이라니! 나는 싫었다.

얼마 전이었다. 학교에서 내년부터 입게 될 교복을 몇

몇 아이들에게만 미리 맞춰 입어 보도록 하였다. 우리 반에서는 내가 뽑혔던 것이다. 그런데 새 교복을 입어 보지도 못하고 전학을 간다니! 그걸 입고 아이들 앞에서 으스대며 다니고 싶었는데.

"싫어, 싫어! 난 안 가, 안 가!"

나는 숨이 넘어가게 울었다. 나는 알고 있었는지 모른다. 아무리 내가 가고 싶지 않아도 아버지를 따라 어디론가 낯선 곳으로 가야만 한다는 것을. 나의 넉넉했던 어린 시절은 어쩌면 이제 끝이라는 걸.

그로부터 얼마 후 우린 모두 이삿짐을 쌌다. 아버지의 어릴 적 친구가 사업을 하고 있다는 강원도 어딘가로 이사를 간다는 것이었다.

나는 지도책을 펴놓고 강원도를 찾아보았다. 손가락으로 어림어림 짚어 보아도 그 곳은 너무 멀었다. 천안에서 외갓집이 있는 직산을 지나 평택, 서정리, 오산……, 서울을 지나서도 강원도는 너무 먼 곳에 있었다.

4

마침내 나와 엄마, 수영이, 그 쪽 동생들인 수철이, 수민이, 갓난 수애, 아버지까지 대식구가 천안역을 떠났다. 아버지가 자리를 잡을 때까지 잠시 작은아버지 집으로 가신 할머니만이 빠졌다.

나는 기차가 역을 빠져 나올 때까지 목을 길게 빼고 멀어져 가는 천안 풍경을 바라보았다. 어쩌면 지금 떠나면 오래도록 못 볼지도 모르는 정든 풍경이었다. 학교에 다녀오면 매일같이 소꿉놀이를 하던 순영이가 벌써 그리워졌다. 또 툭하면 작은이모네 집 신발 창고에 모여 숨바꼭질을 하던 이종 사촌들도. 천안뿐 아니라 근처 면이나 리에서도 신발을 사러 오는 큰 신발 도매상을 하던 작은

이모네는 집 안 구석구석에 신발 창고가 많았다. 그래서 비슷비슷한 또래의 외갓집 사촌들은 모이기만 하면 신발 창고에서 숨바꼭질을 하였다. 햇빛이 들지 않는 어두운 신발 창고에 들어가 종이 상자나 가마니, 자루 뒤에 몸을 숨기기가 좋기 때문이었다. 술래한테 들키지 않으려 신발더미 사이사이에 몸을 숨기고 있으면 코끝에 스치던 생고무 냄새도 참 좋았다. 그렇게 큰 신발 도매상을 하는 작은이모 덕분에 나는 늘 예쁜 신발을 신곤 했었다. 하얀 토끼털이 달린 털신이며 운동화, 샌들, 장화까지. 천안을 떠나는 건 바로 행복했던 어린 시절과 함께 예쁜 신발들로부터도 떠나는 것이었다.

나는 눈물이 핑 돌았다.

기차는 그런 내 마음도 모른 채 칙칙폭폭 직산을 지나 평택, 서정리, 수원……, 서울을 향해 마구 달려갔다.

기차는 마침내 서울역에 닿았다. 눈 뜨고 있어도 코 베어간다는 서울에 온 것이다.

"얘들아, 엄마 손 놓치면 큰일난다!"

엄마와 그 쪽 엄마 모두 암탉처럼 자기 아이들을 챙겼다.

나는 엄마의 치맛자락을 꼭 잡은 채 열심히 뒤쫓아갔

다. 물론 맨 앞에는 커다란 짐보따리를 든 아버지가 사람들을 헤치며 가고 있었다. 날마다 엄마 앞에서 큰소리만 뻥뻥치던 아버지의 뒷모습은 너무 초라해 보였다. 마치 털 빠진 장닭 같았다.

그랬다. 아버지는 하얀 가운을 턱 걸치고 한의원에 있을 때가 가장 멋졌다. 금테 안경을 걸치고 환자들의 손을 진맥하고, 침을 놓고, 붓글씨로 쓱쓱 처방전을 쓰던 모습이 가장 멋졌다. 저렇게 장터에 나온 촌아저씨처럼 짐보따리를 든 채 어디론가 휘청휘청 걸어가는 건 아버지의 진짜 모습이 아니었다.

서울역 광장 앞으로 나오자 눈이 핑글핑글 돌 지경이었다. 사람들도 많고 큰 버스며 자동차들이 정신없이 달려갔다.

"청량리이! 청량리 가실 손니임!"

빨간 모자를 쓴 차장이 버스에서 큰 소리로 외쳤다.

"얘들아, 저 버스를 타야한다."

아버지의 말에 우리는 모두 각자의 짐을 든 채 버스에 정신없이 올라탔다.

"아휴, 이런 짐을 들고 어떻게 버스를 타요! 꾸물꾸물대지 말고 빨리 타욧, 어서!"

차장 언니가 눈살을 찌푸렸다. 그런 와중에도 엄마는

나와 수영이를 혹시라도 잃어버릴까 봐 꼭 챙겼다.

처음 와 보는 서울은 정말 넓었다. 사람을 가득가득 실은 버스들이 정신없이 오갔고, 전차들이 '땡땡땡' 소리를 내며 어디론가 달려갔다.

나는 유리창에 얼굴을 바짝 댄 채 넋을 잃고 서울의 풍경을 바라보았다. 맛있는 빵집도 보이고 신발 가게며 옷 가게, 다방, 모든 게 휘황찬란했다.

'우리 식구끼리만 여기서 살았으면…….'

나는 낯선 강원도로 가지 말고 여기서 엄마랑 수영이랑 살고 싶었다. 아이들이 자랑스레 말하던 미도파며 신세계, 화신, 신신 백화점도 구경하고 싶었고, 창경원이나 덕수궁도 가 보고 싶었다. 하지만 우리 세 식구는 새끼줄에 묶인 닭처럼 아버지를 좇아 정신없이 청량리에서 내려야만 했다.

그 날 우리는 모두 청량리역 근처의 허름한 여인숙을 빌려 하룻밤을 잤다.

"일찍들 자거라. 내일 첫새벽에 기차를 타야 되니까!"

아버지는 먼저 벽을 향해 돌아 누웠다. 그 옆으로 우리는 하나 둘, 굴비 두름처럼 누웠다. 그렇게 밤이 지나갔다.

봄날이건만 옷 속으로 찬바람이 파고드는 이른 새벽,

대식구는 또 아버지를 따라 청량리 기차역으로 나갔다. 거기서 중앙선 기차를 타고 강원도로 간다는 것이다. 우리는 아버지를 따라 기차에 올라탔다. 마침내 기차는 기적소리를 울리며 슬슬 미끄러져갔다.

나는 김이 서린 유리창을 손바닥으로 쓱쓱 문질러 닦았다. 기찻길 옆으로 다닥다닥 붙은 판잣집들이 보였다. 철로 둑에 심어 놓은 빨간 줄장미도 어쩐지 슬프게 보였다. 자리를 휘둘러 보니 아버지, 엄마, 그 쪽 엄마가 약속이나 한 듯이 모두 눈을 감고 있었다. 하지만 진짜로 자는 사람은 아무도 없다는 걸 나는 알 수 있었다. 단지 속 표정을 감추려 눈을 감고 있을 뿐이라는 걸.

나도 낡은 초록빛 우단의자 속에 내 얼굴을 묻고 내가 두고 온 정든 것들을 떠올리다 설핏 풋잠이 들었다.

그렇게 깜박 잠을 자는 사이 기차는 벌써 저 혼자 멀리멀리 와 있었다. 날은 환하게 밝아왔고, 창 밖에는 온통 높은 산들이 보였다.

"우와, 굴이다! 이번엔 굉장히 길어!"

"지금이 열다섯 개째야!"

"아니야, 열여섯 개째야!"

어느새 잠이 깬 수영이랑 수민이는 굴을 세며 떠들어댔다.

"김밥 있어요. 삶은 달걀 있어요."

홍익회 아저씨들이 오고 가며 먹을 걸 팔았다. 아버지는 우리에게 김밥과 찐 달걀을 사 주었다. 아이들은 소풍 온 것처럼 신이 나서 먹었다. 그러나 아버지와 엄마, 그쪽 엄마의 얼굴은 어둡기만 했다.

새벽 첫 차를 타고 청량리역을 떠난 우리는 오후 서너 시쯤 철암역에서 내렸다. 우리가 타고 온 기차는 멀리 안동까지 가지만 우리는 거기서 또 다른 차를 갈아 탄다는 것이다. 천안이나 서울은 지금 한창 따스한 봄이건만 철암은 아직도 날씨가 춥기만 했다. 나는 오스스 추위를 느끼며 철암역 주변을 바라보았다. 철로 옆에 산처럼 수북이 쌓인 까만 석탄더미가 가장 먼저 보였다. 가파른 산비탈에 다닥다닥 붙어 있는 집도, 산도, 기차도, 사람들 얼굴도……, 눈에 보이는 것 모두가 다 까만색이었다. 나는 까만색이 주는 알 수 없는 두려움에 저절로 몸이 움츠러들었다.

"엄마, 무서워."

"그래, 수희야, 이리 와."

엄마는 손을 내밀어 나를 안아 주었다. 하지만 불룩하게 치솟은 엄마 배 때문에 나는 푹 안길 수가 없었다. 엄마는 곧 동생을 낳을 것이다. 저쪽에서 수철이, 수민이, 수애도 그 쪽 엄마 근처를 얼쩡거리고 있었다.

아버지는 어디로 간 것일까?

"엄마, 아버지는?"

"트럭 구하러 가셨어. 우린 여기서 더 들어가야 한댄다. 더 멀리."

엄마는 사슴처럼 순한 눈으로 나를 바라보았다. 엄마도 나처럼 아무것도 모르는 모양이었다. 어린 나처럼 그저 아버지를 졸졸 따라 나섰을 뿐.

"자, 어서들 타거라. 트럭을 빌렸다."

전봇대처럼 비쩍 마른 아버지가 역 광장으로 들어섰다. 우리는 각자 맡은 짐보따리를 들고 트럭 뒤의 짐칸에 올라탔다.

"아버지, 이제 어디로 가요?"

난 용기를 내어 물었다.

"황지로 간다. 아주 옛날에는 화전민들이 모여 살던 곳이었는데 일제시대 때부터 광산이 개발되기 시작하면서 점점 커진 곳이지. 황지 근처의 장성이나 도계 등지에서 캐낸 석탄 덕분에 지금 우리 나라 산업이 발전하고 있는 거란다."

아버지는 마치 선생님처럼 설명을 하였다.

"황지……."

나는 처음 듣는 그 말을 입 속으로 조그맣게 되뇌어 보았다.

"저 통리 고개를 넘으려면 아주 위험하니까 단단히들 앉아 있으쇼!"

운전기사 아저씨가 큰 소리로 외쳤다.

트럭은 신이 나서 달렸다. 달릴 때마다 차 뒤로 까만 먼지가 풀풀 날렸다. 떠나올 때 입었던 내 꽃무늬 원피스에도 까만 먼지가 풀풀 내려앉았다.

트럭은 철암 읍내를 벗어나 깊고 깊은 산길을 자꾸만 달려갔다. 쭉쭉 뻗은 전나무며 소나무, 자작나무, 상수리 나무들이 우람하게 늘어서 있었다. 길 옆으론 철쭉이며 산벚꽃, 산목련이 먼지를 뽀얗게 뒤집어 쓴 채 피어 있었다. 산등성이에는 나무 판자를 쪼개어 지붕을 이은 집들도 드문드문 보였다.

"화전민들이 사는 너와집이다. 태백산 자락에는 아직도 화전민들이 많이 살고 있다. 모두 산을 개간하여 밭농사를 지으며 사는 거란다."

아버지는 우리를 보며 말했다.

"이제 곧 통리고개다. 이 고개만 넘으면 황지다."

아버지는 높고 가파른 고개를 굽이굽이 넘어야만 황

지에 닿을 수 있다고 하였다. 그래서 황지를 하늘 아래 첫 동네라고 부른다고, 아버지는 씁쓸하게 웃으며 말했다.

"기차는 없어요?"

"지금 황지선 공사가 한창이니까 아마 내년이나 후년쯤에는 황지에도 기차가 들어갈 게다. 황지 주변의 탄광에서 캔 석탄이며 동해안의 수산물, 관광객들을 실어 나르려면 꼭 필요하거든. 그 때까진 이 고개를 넘어 다녀야 한다."

나는 이렇게 오랜 시간을 아버지와 함께 있을 수 있다는 게 신기하여 아버지의 얼굴을 뚫어지게 쳐다보았다.

정말, 통리고개는 굉장하였다. 트럭은 아득한 낭떠러지로 곤두박질치지 않으려는 듯 안간힘을 쓰며 달려갔다. 트럭이 포장 안된 울퉁불퉁한 고개를 한 고개, 두 고개 넘을 때마다 우리는 비명을 질렀다. 엄마도 남산만한 배를 부여잡고는 비명을 질렀다.

"에구, 에구구! 아이고 배야……."

"엄마, 배 많이 아퍼? 아기 낳으려고 해?"

나는 겁에 질려 물었다.

엄마는 비지땀을 뻘뻘 흘리며 고개를 저었다.

나는 땀에 젖어 축축한 엄마 손을 꼬옥 잡아 주었다.

'이럴 때 아버지가 좀 잡아 주었으면.'

속으로 간절히 바랐지만 아버지는 모른 척 딴전을 피웠다.

나는 엄마가 트럭에서 아기를 낳을지도 모른다는 것과 낯선 곳에 대한 두려움 때문에 입술이 바짝바짝 말랐다.

한참 후 구불구불한 통리고개를 너머 간신히 황지에 도착했다.

그 곳 역시 모든 게 밤중처럼 까만 동네였다.

5

아버지는 이미 친구를 통해 황지 시내에 집 한 채를 얻어 놓았다. 바깥채는 한의원이었고, 안채는 살림집이었다. 우리 식구와 그 쪽 식구가 한 집에서 산다는 것에 난 깜짝 놀랐다. 큰 방에서는 그 쪽 식구들이 살고, 작은 방에서는 우리가 살게 되었다.

"엄마, 그럼, 우리도 아버지랑 같이 사는 거야? 정말?"

아버지와 한 지붕 밑에서 산다는 게 믿어지지 않았다. 아버지가 쫄딱 망해서 강원도 황지까지 온 게 오히려 잘됐다는 생각까지 들 지경이었다. 날마다 아버지랑 같이 밥을 먹고, 아무렇지도 않게 아버지와 이야기를 하고……. 아, 나는 가슴이 두근거렸다.

하지만 엄마는 뭐가 못마땅한지 잔뜩 골이 나 있었다. 밥을 먹을 때도, 잠을 잘 때도 날마다 한숨만 내쉬었다. 나는 그런 엄마가 싫었다. 그 쪽 엄마처럼 좀 상냥하고 곰살맞게 아버지를 대했으면 싶었다. 그러나 엄만 날이 갈수록 말이 없어졌다.

그러던 어느 날이었다. 다 같이 밥을 먹는데 아버지가 갑자기 밥상을 냅다 뒤집어 엎으며 소리를 질렀다.

"그래, 날더러 어떡하라는 거야? 그렇게 심통이 나면 같은 방에서 자면 될 것 아니야, 엉? 누군 이러고 싶어서 이러는 줄 알아. 나도 마음이 편치 않다구. 나도 사람인데 마음이 편하겠어? 죽을 둥 살 둥 이 구석까지 왔지만 돈이 없는 걸 어떡해! 날보고 어떡하라구 그러는 거야, 엉?"

아버지는 그 쪽 엄마랑 동생들이 보는 앞에서 엄마를 향해 버럭버럭 소리를 질렀다. 엄마는 그저 눈물만 줄줄 흘렸다. 치마폭이며 옷자락에 반찬 그릇을 옴팍 뒤집어쓴 채로.

그 때서야 나는 퍼뜩 깨달았다. 어쩌면 엄마도 그 쪽 엄마처럼 아버지와 같이 자고 싶었던 것은 아닐까? 아버지와 같은 방에서, 그 쪽 엄마처럼 나와 수영이를 옆에 나란히 눕힌 채 오순도순 말이다. 엄마가 큰부인이니까

보란 듯이 큰 방은 엄마가 쓰고, 코딱지만한 작은 방은 그 쪽 엄마에게 주고 싶지 않았을까? 그런데도 아버지는 엄마의 마음 따윈 모른 척 시치미를 뚝 떼고 밤마다 큰 방에서 그 쪽 엄마랑 잤다. 엄마가 황지에 온 후 내내 골난 사람처럼 굴었던 건 바로 그 때문이었다.

엄마는 작은 방에 와서 서럽게 울었다. 나랑 수영이도 엄마의 불룩한 배에 안겨 덩달아 엉엉 울었다.

그 날 밤, 아버지는 밖으로 나가더니 잔뜩 술에 취해 들어왔다.

그런 일이 있은 후, 아버지는 시내에서 좀 떨어진 곳에 방 한 칸을 얻었다. 천안에서와 마찬가지로 우리 세 식구만 외딴집에 살림을 차린 것이다. 그리고 엄마는 그 집에서 아기를 낳았다. 엄마를 닮아 얼굴이 하얗고 눈이 동그란 여자 동생이었다. 이제 엄마, 나, 수영이, 갓난 수진이 이렇게 네 식구가 황지에서 살게 된 것이다. 하지만 모든 게 천안에서 살던 때와는 딴판이었다.

아버지는 황지에서도 '서울 한의원'이라는 간판을 달고 의원을 열었다. 하지만 한의원을 찾는 사람이 단 한 명도 없는 날이 더 많았다.

"감자바위 놈들! 나를 마치 돌팔이 취급한다니까. 나

를 몰라보고 있어!"

아버지는 천안 시절 생각만 하고 늘 화를 냈다. 그리곤 날마다 독한 술을 퍼마셨다.

"이것 봐, 뭐? 석탄 경기가 좋아서 지나가는 개도 돈을 물고 다닌다더니 말짱 거짓말 아닌가? 도대체 손님 코빼기를 봐야 돈을 벌지. 자네 말만 믿고 이 산골짜기까지 들어왔더니 이게 뭔가? 이럴 줄 알았으면 고향을 떠나는 게 아니었어."

아버지는 황지에서 사업을 하는 친구한테도 생트집을 잡았다. 그러자 점점 그 친구도 아버지를 멀리하는 듯 보였다.

게다가 엎친 데 덮친 격으로 아버지가 낯선 황지로 오자마자 또 한 번 나라가 뒤집히는 일이 벌어졌다. 학생들이 데모를 일으켜 이승만 할아버지를 미국으로 쫓아낸 일이 엊그제 같은데, 난데없이 이번에는 군인들이 나라를 차지했다는 것이다. 강원도 산골짜기, 탄광 마을 황지까지 서울의 무서운 공기가 흘러 들어왔다.

5월 16일 새벽, 박정희 소장이 이끄는 군인들이 한강 인도교를 건너 서울 시내로 들어가서는 육군본부며 중앙 방송국, 발전소 같은 주요 건물들을 몽땅 차지하였다고 했다.

"수희야, 가, 가만 있어 보렴."

엄마는 찌지직 소리가 나는 고물 라디오를 켜 놓고 뉴스에 귀를 기울였다. 라디오에선 또 쩌렁쩌렁한 군인 목소리가 흘러나왔다. 박정희 소장이라고 했다.

"친애하는 애국 동포 여러분……."

나는 박정희 소장의 말을 들으며 벌벌 떨었다. 그의 입에서 나오는 '조국의 위기', '혁명공약', '반공', '부패' 같은 말들이 너무나 무서웠다. 금방이라도 이북에서 빨갱이들이 쳐내려올 것만 같았다. 하지만 아무리 나라가 어수선해도 우린 밥을 먹고 살아야만 했다.

"수희야, 아버지한테 가서 쌀 살 돈 타 오렴."

엄마는 이제 할머니 대신 내가 아버지한테서 돈을 얻어 오길 바랐다. 나는 그 일이 죽기보다 싫었다. 마치 놀부네 집에 구걸을 하러가는 흥부처럼 쭈뼛쭈뼛 아버지를 찾아갔다.

"아버지…… 돈, 좀……."

나는 다 기어 들어가는 소리로 말했다.

"뭐, 돈 달라고? 니 애비가 뭐 돈 만드는 기계인 줄 아냐? 돈 없다!"

아버지는 돈 얘기만 하면 눈을 치뜨고 화를 냈다.

나는 겁에 질려 고개를 푹 숙였다.

"수희야, 아버지 약방에 손님이 하나도 없다. 그러니 어쩌겠니. 자, 이 밀가루라도 가져다가 수제비 해 먹어라."

그 쪽 엄마는 내 손에 밀가루 봉지를 쥐어 주었다.

참 이상한 일이었다. 그 쪽 엄마는 내게 늘 마술을 거는 것 같았다. 우리에게서 아버지를 빼앗아 간 여자, 내게 배 다른 동생들을 갖게 한 여자인 그 쪽 엄마는 언제나 꽁꽁 얼었던 내 마음을 봄 햇살처럼 따스하게 녹여 주었다. 그래서일까, 나는 한 번도 그 쪽 엄마를 미워하지 않았다. 오히려 아버지만 보면 잔뜩 주눅 들어 어쩔 줄 모르는 진짜 엄마보다 그 쪽 엄마가 내 엄마였으면 하고 바랄 때가 많았다.

"수희야, 지금은 여기 사람들이 아버지가 얼마나 용한 의원인지 몰라서 그렇지만 이제 곧 아버지의 의술을 알아 줄 때가 올 게다. 그렇게 되면 우리 모두 예전처럼 잘 살게 될 거야. 그러니 어서 이거 엄마 갖다 드리거라."

그 쪽 엄마는 내 머리를 부드럽게 쓸어 주었다.

난 툭툭 떨어지려는 눈물을 애써 참으며 밀가루 봉지를 든 채 터덜터덜 아버지 집을 나왔다. '서울 한의원'이라는 간판을 뒤로 한 채.

시내를 지나 연화산 기슭, 지붕 위에 까만 루핑을 얹

은 판잣집들이 다닥다닥 붙어 있는 우리 동네로 들어서자, 참았던 눈물이 쏟아졌다. 시커먼 냇물이 흐르는 황지천처럼 내 작은 가슴에도 미움의 냇물이 흘렀다.

'미워, 미워! 엄마도 아버지도 다 싫어!'

나는 까만 냇물을 보며 울고 또 울었다.

3학년 여름, 슬픈 열 살이었다.

아니, 어쩌면 내 슬픔은 내가 태어나기 전부터 시작되었는지도 모른다. 엄마가 나를 낳은 지 꼭 한 달 만에 그 쪽 엄마도 수철이를 낳고 아버지는 그 쪽 엄마와 새살림을 차렸다고 했으니까.

'난 태어나서 한 번도 행복한 적이 없어.'

나는 입술을 꼭 깨물었다. 태어나서 겨우 두 살에 피난길에 죽었다는 오빠와 홍역을 치르다 죽었다는 언니처럼 나도 죽고만 싶었다.

집에 돌아온 나는 밀가루 봉지를 내던지며 소리를 질렀다.

"엄마, 엄마도 새아버지 얻어!"

나는 새아버지라도 좋으니까 엄마한테 잘해 주고 나랑 수영이, 이제 갓 태어난 수진이를 예뻐해 주는 따뜻한 아버지가 그리웠다. 내 손을 잡고 냇물을 따라 산책도 가고, 웃으며 나를 꼭 안아 주는 그런 아버지, 아무리 돈이 없어도 윽박지르지 않는 다정한 아버지 말이다.

"엄마, 그 쪽 엄마보다 엄마가 훨씬 더 예뻐. 엄마도 새아버지 얻어, 응?"

내가 생떼를 쓰자 엄마는 나를 부둥켜안고 울기만 했다.

전학한 '황지 국민 학교'에 적응하기가 힘들었다. 모든 것이 낯설기만 했다.

"헤헤, 서울내기 다마내기!"

"얼레꼴레!"

아이들은 내가 충청남도 천안에서 왔는데도 나를 보며 자꾸 '서울내기 다마내기'라고 놀려 댔다. '다마내기'는 일본말로 '양파'라는 뜻이라고 했다. 그렇다면 껍질을 벗기고 벗겨도 속이 안 보이는 양파처럼 서울 사람들은 속마음을 알 수 없는 돌깍쟁이라는 뜻일까? 아이들은 어쩌면 내가 자기네들보다 얼굴이 희고 옷차림이 깨끗했기 때문에 서울에서 왔다고 지레짐작한 모양이었다. 엄마는 맏딸인 나를 늘 단정하게 꾸며 주길 좋아했다. 게다가 부잣집 이종 사촌 언니가 입던 걸 물려 입은 탓에 내가 입는 옷은 다 눈에 띄게 예뻤다.

아이들은 그런 내가 미웠던 것이다. 특히 여자 아이들이 더 그랬다.

그렇게 몇 달이 지나갔다. 학교에서는 아이들한테 따돌림을 받았지만 그 즈음, 나는 새로운 재미에 푹 빠졌다.

강원도 깊은 산골, 탄광 마을인 황지는 낮과 밤이 너무나도 달랐다. 낮에는 마을이나 시내 그 어디를 보아도 온통 잿빛이었다. 오붓조붓 어깨동무를 한 듯한 납작집들, 졸졸 흘러가는 까만 냇물, 심지어는 사람들 얼굴까지도 그랬다. 하지만 시내는 밤만 되면 요술에서 풀려난 듯 찬란하게 변했다. 알전구에 휘황찬란한 불이 들어오면 거리는 온통 잔칫집 분위기였다. 탄광 광부들이 월급을 받는 날이면 거리는 더욱더 들떠 있었다.

황지 근처에는 탄광이 많았다. 단군의 아버지인 환웅이 인간 세상을 다스리고자 신단수 아래로 내려와 신시를 열어 우리 겨레의 터전을 잡았다는 태백산은 '크고 밝은 산' 이라는 뜻이라고 했다. 그렇게 민족의 정기가 어려 있는 태백산 자락을 끼고 '동해탄광', '어룡광업소', '함태탄광', '강원탄광', '삼미광업소' 같은 많은 탄광이 있었다. 전국에서 몰려온 광부들이 그 탄광들에서 '검은 황금' 이라고 불리는 석탄을 마구 캐냈다.

석탄 경기가 좋아서 지나가는 개도 돈을 물고 다닐 만큼 돈이 흔하다는 황지는 밤만 되면 천안보다 훨씬 휘

황찬란하였다. 나는 한낮의 어두침침한 황지보다는 요술 궁전처럼 불을 밝힌 밤이 좋았다. 그건 내가 살던 천안에서는 절대 맛보지 못한 새로운 구경거리였다.

나는 날이 어둑어둑해지면 도둑고양이처럼 살금살금 밖으로 나갔다.

그 날도 이른 저녁밥을 먹기가 바쁘게 삽짝문을 나서는 나를 보고 엄마가 물었다.

"수희야, 어디 가니?"

"응, 친구네 집에!"

나는 천연덕스럽게 거짓말을 했다.

"조심해라, 앞집 할머니가 그러는데 여긴 밤중에 호랑이가 나온다더라. 괜히 돌아다니지 말고 집에 있어."

"엄마 그게 정말이야?"

내 눈은 왕사탕처럼 커졌다. 원래 눈이 작으면 겁이 없다는데 사실, 나는 지독한 겁쟁이였다. 날이 어둑어둑해지면 혼자 뒷간에도 가지 못했다.

'어떡하지.'

나는 잠시 마당에 서서 흘깃 앞산을 올려다보았다. 연화산 산허리께에서 갑자기 불이 번쩍거렸다. 호랑이 눈에서 뿜어져 나오는 듯한 불빛이었다. 순간 움찔 놀랐지만 곧 그건 호랑이 불이 아니라 탄광으로 밤일을 나가는 광부 아저씨가 들고 가는 랜턴에서 나오는 불빛임을 알게 되었다.

며칠 전, 밤이면 산에서 불빛이 보인다고 했더니 옆집 미령이가 해 준 말이다. 아버지가 '황지탄광'에서 광부로 일하는 미령이는 같은 동네에 사는 동갑내기 친구였다.

"원래 광부들은 하루 삼 교대로 막장에 들어가서 석탄을 캔단다. 갑방은 아침 여덟 시부터 낮 네 시까지고, 을방은 네 시부터 밤 열두 시까지, 병방은 밤 열두 시부터 다음 날 아침 여덟 시까지 일을 하는 거야. 그러니까 광산은 스물네 시간 내내 쉬지 않고 석탄을 캐 내는 거란다. 광부들만 교대로 여덟 시간씩 일을 하는 거고. 네가 본 불빛은 아마 밤일을 하러 가는 광부들이 들고 가는 랜턴 불빛일 거야."

미령이는 냇둑에 앉아 이런저런 이야기를 들려 주었다.

"수희야, 광부들은 갱 내에서 절대 휘파람을 불거나 뛰지 않는대. 그뿐 아니라 갱 내에서는 쥐도 잡지 않아."

"아니, 왜?"

"미신이지만 혹시 사고가 날까 봐 그러는 거래. 우리 엄마는 늘 아버지 도시락을 쌀 때도 빨간 보자기와 파란 보자기만 써. 그래야 사고를 막을 수 있대."

나는 미령이 말이 신기하기만 했다. 미령이는 그러면

서 내게 신신당부를 하였다.

"너, 아침 일찍 우리 집에 오지 마, 혹시 아버지가 출근하시기 전에 집에 여자가 오면 재수가 나쁘다고 했거든. 까마귀 울음소리를 들어도 그렇대. 알았지?"

"그, 그래, 알았어."

나는 얼떨결에 고개를 끄떡였다.

나는 집을 나서며 연화산 꼭대기를 바라보았다. 그 산 어딘가에 미령이 아버지가 일하는 탄광이 있을 것이다. 또 근처 삼척이며 도계, 장성, 사북, 정선에도 탄광이 많다는 이야기가 떠올랐다. 그래서 강원도 탄광 지대는 탄가루 때문에 온통 잿빛 마을이 되었다는 것도.

아이들은 학교에서 아버지가 광부라는 걸 은근히 뽐냈다. 아버지가 월급을 받는 날에는 돼지고기를 실컷 먹는다고 자랑도 하였다. 갱 내에서 아무리 방진 마스크를 쓰고 일을 해도 숨 쉴 때마다 탄가루를 많이 들이마시게 되는데, 돼지고기에 붙어 있는 지방이 탄가루를 씻어 내는 역할을 해 준다는 것이다. 그래서 광부들이 돼지고기를 즐겨 먹는다고 하였다.

"돼지고기뿐이 아니야. 아버지가 오늘 크림빵이랑 카라멜도 사 온댔어."

한 아이가 아이들 앞에서 침을 튀기며 자랑을 했다.

도시락에 감자가 섞인 강냉이밥이나 꽁보리밥을 싸 오는 대부분의 아이들은 그런 이야기를 들을 때마다 침을 꼴깍 삼켰다. 나 역시 마찬가지였다. 빨갛게 고추장 양념을 한 돼지고기를 석쇠에 얹어 구워 먹던 게 언제였던가, 까마득히 오랜 옛날 이야기였다.

'엄마가 괜히 겁 주는 거야.'

머뭇거리던 나는 부리나케 고샅을 빠져 나갔다.

정말 나는 많이 변했다. 천안에서는 밤중에 혼자 뒷간에도 못 가던 내가 황지에서는 도둑고양이처럼 밤마실을 다니기 시작한 것이다. 또래 친구들과 어울려 놀지 못하는 대신 내가 찾아 낸 나만의 놀이터는 밤이면 불빛이 환하게 켜지는 황지 시내로, 술을 마시러 온 사람들로 북적거리는 곳이었다. 그 곳은 천안에서는 볼 수 없었던 흥미진진한 놀이터였다.

특히 내가 제일 좋아하는 곳은 '황지옥'이니 '서울옥'이니 하는 술집이 즐비하게 늘어선 거리다.

두만강 푸른 물에 노젓는 뱃사공
흘러간 그 옛날에 내 님을 싣고
떠나던 그 배는 어디로 갔소.

집집마다 불이 환하게 밝혀져 있었다. 술집 아줌마들의 웃음소리와 젓가락 장단에 맞춰 불러 대는 유행가가 창문을 통해 들려왔다. 그 곳은 정말 별천지였다. 고운 한복을 입은 아줌마들이 뽀오얀 버선발로 사뿐사뿐 이 방 저 방을 오가는 모습은 신기하기만 하였다.

나는 언제나처럼 이 집 저 집을 기웃거리며 구경했다.

"얘, 꼬마야, 누굴 찾아왔니?"

까치발을 한 채 안을 기웃거리는 나를 보고 마당에서 일을 하던 아줌마가 물었다.

"아, 아니에요."

나는 부리나케 황지옥 앞을 도망쳤다. 그 때였다.

"앗, 아버지다!"

벌써 술이 거나하게 취한 아버지가 다른 사람과 함께 비틀비틀 이 쪽으로 오고 있는 게 보였다. 마악 다른 곳으로 발길을 옮기려던 나는 흠칫 놀라 골목으로 몸을 숨겼다.

"하하하, 여보게, 그냥 갈 수 있나! 한 잔 더 하세, 더 해!"

아버지는 비틀거리며 옆 사람의 팔을 마구 잡아끌었다. 그리곤 방금 내가 구경을 하던 황지옥으로 들어섰다.

나는 그 순간 두 주먹을 꼬옥 쥐었다.

'어쩌면, 저럴 수가!'

오늘 낮에 내가 쌀 살 돈을 타러 갔을 때만 해도 아버지는 염라대왕처럼 무서운 얼굴로 말했었다.

"개미 새끼 한 마리 얼씬 안 하는데 돈이 어디 있냐, 한 푼도 없다, 없어. 내일 오너라."

아버지는 마치 한의원에 손님이 하나도 없는 게 내 탓인 양 퉁명스럽게 말했다.

나는 또다시 낮의 일을 떠올리며 파르르 떨었다. 나한테는 돈 없다고 그렇게 으름장을 놓던 아버지가 황지옥으로 들어가다니, 묘한 배신감이 들었다.

'아버지, 정말 나쁘다!'

뽀얗게 분칠한 여자들이 꾀꼬리 같은 목소리로 '어서 오세요' 하며 반기자 허세를 부리며 황지옥으로 들어서는 아버지의 뒷모습을 나는 한껏 노려보았다.

6

나는 매일 아침 내가 다니는 황지 국민 학교를 갈 때마다 아버지의 '서울 한의원' 앞을 지나가는 게 죽기보다 싫었다. 가끔 한의원 앞에 나와 있는 아버지를 만날 때면 나는 마치 학교 교장 선생님에게 하듯 깍듯하게 인사를 하였다.

"아버지, 안녕하세요?"

그럴 때마다 나는 속으로 울었다. 나도 다른 아이들처럼 아침에 눈 비비고 일어나면 아버지가 솜사탕처럼 하얀 비누거품을 얼굴에 묻힌 채 수염을 깎고, 헛기침을 하며 뒷간에 앉아 오랫동안 신문을 보는 모습이 보고 싶었다. 또 세수를 하고 나오는 아버지에게 깨끗한 수건을 건

네 주는 일이나 아버지 손을 꼭 잡고 나들이를 하고, 아버지를 위해 주전자 가득 막걸리를 사 오고, 아버지의 팔다리도 꾹꾹 주물러 드리고, 목에 매달려 어리광도 부리고 싶었다. 하지만 나는 아무것도 할 수가 없었다.

"그래, 공부 잘하고!"

아버지는 진짜 교장 선생님처럼 말했다. 아버지의 그 말이 내게 큰 힘이 되었을까? 나는 언제나 공부를 잘해서 아버지한테 칭찬 받고 싶었다. 그러면 어쩐지 아버지를 다시 우리 집으로 되찾아 올 수 있을 것만 같았다. 그리고, 그 쪽 아이들한테도 지고 싶지 않았다. 그 쪽 아이들 앞에서 빼길 게 하나도 없으니까 공부로라도 좀 으스대고 싶었던 것이다.

다행히 그건 어려운 일이 아니었다. 나는 늘 반에서 다섯 손가락 안에 꼽힐 만큼 성적이 좋았다. 공부를 잘하니까 반 아이들도 더 이상 나를 놀리지 않았다. 천만다행이었다.

나는 반 아이들 중에서 숙자와 가장 친했다. 숙자네는 학교 가는 길 옆에서 '만물상'을 하는데 정말이지 없는 게 없었다. 열쇠며 철사, 못, 공구, 쓰레받기, 호미, 낫, 칼…… 여러 가지 물건들이 가게 안을 가득 채우고 있었다.

나는 학교에서 집으로 돌아오는 길에 숙자네 집 뒤꼍에서 노는 게 가장 좋았다. 숙자네 집 뒤의 황지연못에서는 아주 맑고 깨끗한 물이 철철 흘러 나왔다. 우리는 가끔 뒤꼍 툇마루에 옷을 벗어 놓고 물 속에 첨벙첨벙 뛰어들어 목욕도 하고 물장난을 치며 놀았다.

"수희야, 너 황지연못 전설 알지?"

숙자가 내게 얼굴을 들이밀며 물었다.

"응, 아이들한테 들었어. 옛날 이 곳에 황 부자가 살았는데 매우 구두쇠였다며? 하루는 외양간을 고치고 있는데 남루한 차림의 스님이 찾아와서 시주를 해 달라고 하자, 바릿대에 쇠똥 한 바가지를 퍼 주었다며."

나는 별 거 아니라는 듯 받아넘겼다.

"그래. 그런데 그 모습을 보고 있던 며느리가 달려와 시아버지의 잘못을 빌고는 몰래 쌀 한 바가지를 시주하였대. 그러자 스님은 곧 큰일이 벌어질 테니 절대 뒤돌아보지 말고 자기를 따라오라고 했대. 며느리가 아이를 업은 채 스님의 뒤를 따라가는데 갑자기 산등성이에 이르렀을 때 천둥 소리가 들렸다지 뭐니? 깜짝 놀란 며느리가 스님의 말을 깜박 잊고 뒤돌아보는 순간 그 자리에 선 채로 바위가 되었대. 구두쇠 황 부자의 집은 몽땅 연못으로 변하고 말이야. 안채, 사랑채, 헛간 세 개의 연못으로."

숙자는 신이 나서 이야기를 해 주었다. 그리곤 목소리를 낮추어 말했다.

"그런데 있잖아, 지금도 밤이면 그 연못 속에서 어슬렁어슬렁 걸어다니는 황 부자가 보인대. 물론 황 부자가 살았던 집도 보이고."

"설마."

"정말이야, 황지연못은 신기한 연못이래. 이 연못에서부터 낙동강 천삼백 리가 시작되잖니. 글쎄, 임진왜란 때는 삼 일간이나 붉은 색 물이 흘러나왔대. 그뿐 아니라 쌀뜨물처럼 뿌옇게 변할 때가 있는데 그런 때는 나라에 좋은 일이 생길 뿐만 아니라 풍년이 든다고 했어."

숙자는 이것저것 황지연못에 얽힌 이야기를 들려 주었다.

황지 사람들은 연못 근처에 모여 빨래를 하거나 목욕을 하곤 했지만 나는 그 뒤 어쩌다 밤에 그 옆을 지나갈 때면 나도 모르게 머리카락이 쭈뼛거렸다. 금방이라도 황 부자 귀신이 나를 붙잡아 갈 것만 같았다. 하지만 문득 용기를 내어 어두운 밤에 물 속을 들여다보았는데 황 부자는 보이지 않았다.

그러던 어느 날이었다. 학교에서 돌아오는 길에 같은

반에 있는 남자같이 생긴 한 아이가 내게 물었다.

"수희야, 너희 아버진 뭐 하시니?"

"응, 우리 아버지 한의사야. 저기 서울 한의원 있지? 그거 우리 아버지가 하는 거야."

나는 무심코 대답하였다.

그러자 그 아이는 말도 안 된다는 듯 큰 소리로 말했다.

"에이, 거짓말! 거긴 우리 엄마가 아는 집인데? 나하고 같은 학년인 남자 애 집이야. 수철이, 이수철이라고."

난 얼굴이 빨개졌다. 그 아이가 수철이를 알고 있었던 것이다. 나보다 딱 한 달 늦게 태어난, 그 쪽 엄마가 낳은 동갑내기 동생을.

"…… 그래, 맞아 걔 아버지도 되고 우리 아버지도 돼."

"으응, 이상하다. 그럼, 너희 쌍둥이니?"

"아니."

난 점점 궁지에 몰려 힘없이 말했다.

"에이, 쌍둥이도 아닌데 어떻게 걔 아버지도 되고 네 아버지도 되니? 너희 아버지 아니지?"

"맞아, 우리 아버지야! 우리 아버지란 말이야, 왜 내 말을 못 믿니?"

나는 나보다 한 뼘이나 큰 그 아이한테 울듯이 소리를 질렀다.

"이상하다. 그럼, 네가 진짜 서울 한의원 집 딸이라면 왜 너희만 바람부리에 사니?"

"그, 그건……."

나는 할 말이 없었다.

바람부리, 거긴 내가 사는 동네였다. 태백산 줄기를 따라 황지 동쪽으로 비스듬히 솟아 있는 연화산 아랫동네. 까만 냇물이 흐르는 황지천 옆으로 거적대기나 까만 루핑을 얹은 납작집들이 다닥다닥 붙어 있는 동네. 거길 일컫는 말이었다. 다른 곳보다 바람이 심하게 불어서 '바람부리'라고 불리기도 하고 여름에 황지천이 넘쳐 물난리가 나면 집집마다 변소에서 똥덩이가 넘쳐서 '똥골'이라고도 불리는 곳. 나는 바로 그 곳에 사는 아이였다.

"봐, 똑같은 아버지인데 왜 수철이는 읍내에서 살고 넌 바람부리에서 사냐구? 이제 보니 서울내기, 너 순 거짓말쟁이로구나!"

그 아이는 마침 잘됐다는 듯 비아냥거렸다. 뒤늦게 전학 온 내가 선생님의 심부름을 도맡아 하고, 반에서 공부를 가장 잘하는 숙자랑 어울려 놀고, 자기네들은 입지 않는 꽃무늬 원피스나 우단바지를 만날 입고 다니는 내가 싫었던 것이다.

"뭐, 내가 거짓말쟁이라구?"

나도 바짝 약이 올랐다. 그렇잖아도 가슴 속에 뭔가 알 수 없는 분노가 풍선처럼 가득 담겨 있던 때였다.

"이, 촌뜨기, 뚱보!"

내 주먹은 어느새 그 아이의 얼굴을 향해 날쌔게 날아갔다. 그 아이의 코에서 빨간 코피가 주르르 흘렀다. 피를 본 아이는 독수리처럼 사납게 변해서는 쏜살같이 내게 달려들었다.

나는 신작로에 픽 쓰러졌다. 그 아이는 쓰러진 나를 주먹으로 발길로 마구마구 팼다. 하지만 참 이상한 일이었다. 어려서부터 나는 누군가에 매를 맞아 본 일이 없었다. 순하디 순한 엄마는 한 번도 나를 때리지 않았다. 엄마한테는 그렇게 무서운 호랑이 같았던 할머니도 얼마나 나를 귀여워했던가.

"에구, 수희 니가 고추를 달고 나왔어야 했어. 그랬으면 니가 우리 오성 대감 이씨 집안의 장손이 되었을 텐데, 첩한테서 난 아들이 장손 노릇을 하게 되었으니, 쯧쯧!"

할머니는 나만 보면 늘 혀를 찼다. 그렇지만 위로 언니 오빠를 잃고 내가 셋째로 간신히 태어나서인지 할머니는 언제나 신주단지처럼 나를 아껴 주었다. 동네 아이들과 어쩌다 싸움을 할라치면 할머니는 어느새 부지깽이나 빗자루를 들고 나와 내 역성을 들었다.

"네 이놈들! 우리 수희한테 손만 대 봐라, 혼구녁을 내 줄 테니!"

그런 내가 그 아이한테 실컷 얻어맞았는데도 전혀 슬프지 않았다. 오히려 더 많이, 피가 나도록 맞고 싶었다. 천안을 떠나 황지에서의 생활이 견딜 수 없이 힘들었기 때문이었다.

내가 그렇게 길에 죽은 듯 쓰러져 있자 오히려 겁이 난 건 그 아이였다. 그 아이는 갑자기 '엉엉' 소리를 내며 길이 떠나갈 듯 울어댔다. 그 주위를 빙 둘러선 아이들이 보라는 듯이.

나는 천천히 일어났다. 말끔했던 옷은 온통 흙투성이가 되고 얼굴은 심하게 부풀어 있었다. 입술이 터져서 침이 묻을 때마다 쓰리고 아팠다.

내 발걸음은 저절로 황지연못 쪽으로 향했다.

나는 황지연못에 있는 세 개의 연못 중에서 가장 큰 연못가에 섰다.

커다란 연못 속에 아카시아 나무며 미루나무들이 거꾸로 처박혀 있는 게 보였다. 하늘과 구름도 들어가 있

고, 내 모습도 길게 비쳤다.

'제발, 아버지도 황 부자처럼 연못 속으로 들어가 버렸으면……'

나는 나를 때린 아이보다 아버지가 더 미웠다.

그 날 밤, 나는 열이 펄펄 끓었다. 웬만해선 아버지 약방에 찾아가지 않았던 엄마는 아버지한테 달려가서 한약을 지어왔다. 마당에서 다리고 있는 씁쌀한 한약 냄새가 방 안까지 풍겨 왔다.

"왜 안 하던 짓을 해? 미령이한테 다 들었어. 네가 길거리에서 어떤 아이하고 싸웠다고. 그러면 못써. 낯선 고장에서 성깔 부리면 너만 맘 상하는 거야. 아이들이 텃세 부리느라 그러려니 생각하고 참아. 자, 어서 약 먹자."

엄마는 삼베 보자기로 곱게 짜낸 한약을 사기 대접에 담아 들고 왔다.

나는 쓰디쓴 한약을 간신히 마셨다.

"옳지."

엄마는 언제 사 왔는지 박하사탕 한 개를 얼른 내 입에 넣어 주었다.

"엄마, 나도."

수영이도 어리광을 부리며 손을 내밀었다.

"넌, 약도 안 먹었는데?"

엄마는 괜히 너스레를 떨며 수영이 입에도 박하사탕 한 개를 쏙 넣어 주었다. 갓난아기인 수진이도 덩달아 손을 내밀며 방실방실 웃었다.

나는 가만히 수진이의 조그만 손을 잡았다. 수진이도 힘주어 내 손을 꼭 잡았다. 하마터면 엄마가 통리고개에서 낳을 뻔했던 귀여운 동생이다.

수진이와 난 그렇게 누워 하루 해를 보냈다. 이제까지 단 한 번도 결석한 적이 없는 내가 강원도 황지 국민 학교에 와서 처음으로 결석을 한 것이다.

7

춥고 긴 황지에서의 첫겨울이 지나고 다시 봄이 왔다. 나는 이제 4학년이 되었다.

아버지의 한의원은 거의 문을 닫을 지경이었다. 나라에선 제1차 경제개발 5개년 계획을 발표하고, 5·16을 일으켰던 박정희 의장이 국민들을 잘 살게 해 준다며 큰소리를 쳤지만 우리 집은 나아진 게 없었다. 아무리 석탄 경기가 점점 좋아져서 황지 사람들은 돈을 흥청망청 쓰고 술집이며 밥집엔 손님이 득실득실 해도 아버지의 한의원에는 찬바람이 씽씽 불었다.

봄이 되자 우리 집엔 밀가루도 없는 날이 많아졌다.

엄마는 수진이를 등에 업고 날마다 황지천 둑으로 나

갔다. 소쿠리에 쑥이며 냉이, 씀바귀, 비름나물, 명아주 잎을 뜯어 왔다. 또한 동네 사람들을 따라 산에 가서 홑잎나물이며 취나물, 고사리를 따고 싸리버섯 같은 걸 캐 왔다. 엄마는 그런 나물들을 넣고 멀건 밀기울 수제비를 끓여 주곤 했다.

나도 학교에서 돌아오면 늘 바람부리 아이들과 같이 연화산으로 올라갔다. 아이들이 말하기를 아주 오랜 옛날, 산 속에 연꽃이 핀 연못이 있었는데 그 생김새가 또한 연꽃 같다고 하여 연화산으로 불린다고 했다.

봄이 되자 연화산 여기저기에 울긋불긋 진달래가 피어났다. 나는 달착지근한 꽃잎을 하염없이 뜯어 먹었다. 아이들은 또 호미로 흙 속에 묻힌 칡을 캤다. 알이 통통하게 밴 칡을 쭉쭉 찢어서 입 안에 넣으면 알싸한 흙냄새와 함께 쌉쌀한 칡 맛이 느껴졌다. 그뿐이 아니었다. 시큼한 시엉풀이며 달착지근한 마뿌리도 허기진 내겐 더할 나위 없이 좋은 양식이었다. 이렇게 산은 나와 우리 식구들의 허기진 배를 채워 주었다.

나는 또 바람부리 아이들을 따라 산비탈 감자밭으로 올라갔다. 강원도는 산이 가파르고 높아 평평한 밭이 별로 없었다. 대부분 화전민이 일구는 비탈밭이었다. 나는 아이들을 따라 수확이 끝난 감자밭으로 가서는 호미로 흙을 팠다. 그러면 밭 주인이 미처 가져가지 못한 알감자들을 수월찮게 캘 수 있었다. 조약돌만한 알감자들을 바구니 가득 캐서 돌아오는 날은 너무나도 기뻤다. 천안에서는 한 번도 먹어 본 적이 없는 맛있는 감자밥을 엄마랑 수영이, 수진이와 함께 먹을 수 있었기 때문이었다.

나는 봄이 지나고 여름이 올 때까지 그렇게 산에서 살았다.

그러던 어느 날 새벽이었다. 온 식구가 곤하게 잠을 자고 있는데 갑자기 엄마가 낮게 속삭였다.

"이게 무슨 소리지? 수희야, 너도 들리지?"

엄마는 벽에다 귀를 곤두세웠다.

부엌에서 달강달강 그릇 부딪치는 소리가 났다.

"쥐새낀가?"

부엌으로 늘 쥐가 들락날락거리는 걸 아는 엄마는 고개를 갸웃거렸다. 하지만 쥐가 내는 소리 같진 않았다.

"엄마, 무서워! 도둑이 들었나 봐!"

"도둑이 우리 집에 왜 오겠니? 왔다간 오히려 도와 주고 갈 판인데."

엄마는 고개를 저었다. 그래도 분명히 부엌 쪽에서 달그락거리는 소리가 들려왔다.

그러다가 소리가 더 이상 들리지 않자 나와 엄마는

또다시 잠을 잤다. 그런데 살풋 잠이 들었을까 말까 한데 고샅에서 고함이 들렸다.

"네, 이 노옴! 그거 놓고 가지 못해."

분명히 뒷집 할머니 목소리였다.

"무슨 일이지?"

엄마는 그 때서야 주섬주섬 옷을 입고 밖으로 나갔다. 나는 이불을 폭 뒤집어 쓴 채 바깥쪽에서 나는 소리에 신경을 곤두세웠다.

갑자기 그 때 부엌 쪽에서 엄마의 탄식 소리가 들렸다.

"이걸…… 어쩌나!"

"엄마, 왜?"

나는 콩닥콩닥 뛰는 새가슴을 보듬어 안고 밖으로 뛰어나갔다.

"누가 우리 집 양은 냄비랑 솥단지 다 떼어 갔다!"

뒤곁에다 수숫대를 얼기설기 엮어 만든 부엌은 금방 이사를 나간 집처럼 썰렁했다. 솥단지가 걸려 있던 아궁이는 시커먼 입을 벌린 채 휑뎅그렁 비어 있었다. 살강에 얹어 놓았던 양은 냄비와 작은 솥도 보이지 않았다. 누군가 몽땅 들고 간 것이었다.

어느새 다른 집에서 몰려 나온 사람들이 웅성거리기 시작했다.

"어머나, 우리 집 솥단지도 없어졌네!"

바람부리 골목이 알전구를 밝힌 채 대낮처럼 시끌시끌해졌다.

나는 도무지 알 수가 없었다. 도대체 누가 그 많은 솥단지와 양은 냄비를 모두 훔쳐 간단 말인가? 더군다나 새 것도 아닌 헌 것을.

'식구가 많은 도적 떼들인가, 아니면 저 외딴 마을에 산다는 문둥이들이……?'

나는 그저 어리둥절할 뿐이었다.

바로 그 때였다.

"세상에, 아편쟁이 짓이래. 아편쟁이가 저 쪽으로 가는 걸 봤다는구먼."

한 아주머니가 소리를 지르며 옥수수밭 쪽을 가리켰다.

그러자 마을 아저씨들 몇 분이 후다닥 그 쪽으로 달려갔다.

얼마 후, 한 아저씨의 손에 뒷덜미를 잡힌 채 질질 끌려오는 사람을 본 나는 얼른 엄마의 치맛자락 뒤에 몸을 숨겼다. 그 사람은 바로 미령이네 뒷집에 사는 아저씨였다. 미령이네 집에 가다가 마당에 멍하니 앉아 있던 걸 본 적이 있었다.

'도대체 어떻게 된 일이지?'

글방 도련님처럼 얌전해 보이던 아저씨가 왜 남의 집 부엌에서 솥단지를 훔쳐 간단 말인가.

"으흐흐흐……."

수염이 덥수룩하고 북어처럼 비쩍 마른 그 아저씨는 꼭 비 맞은 강아지처럼 덜덜 떨었다. 온몸에 땟국이 덕지덕지 묻은 게 영락없는 비렁뱅이 같았다.

"에잇, 이놈의 아편쟁이! 그래, 그 동안 어디에 숨어 있다가 와서 도둑질을 한 게야?"

한 아저씨가 발로 냅다 그 아저씨를 걷어찼다.

"으흐흐흐……."

그 아저씨는 그 자리에 힘없이 픽 쓰러졌다.

"저런 놈은 그저 감옥에 집어 넣어야 해, 그래야 못된 버릇을 고치지."

"한 번 맛을 보면 죽을 때까지 못 끊는다니까. 아주 고질병이라구."

"아편쟁이는 집안 거덜 내고 본인도 폐인이 되는 거야."

사람들은 저마다 한 마디씩 내뱉었다.

나중에 알고 보니 그 아저씨는 남의 집에서 훔쳐 낸 양은 냄비와 솥단지들을 모두 옥수수밭에 숨겨 두었던 것이었다.

"제발, 내가 이렇게 빌 테니 용서해 주게. 모든 게 다 내 잘못일세. 그러니 내 얼굴을 봐서라도 용서해 주게나."

그 아저씨의 아버지가 달려와서 사람들에게 손이 발이 되도록 빌었다. 그러자 사람들은 경찰서에 넘기려던 아저씨를 놓아 주었다.

"으흐흐흐…… 시, 싫어……."

그 아저씨는 억지로 팔려 가는 개처럼 질질 끌려갔다.

"쯧쯧, 젊은 사람이 왜 저 모양이 되었을까?"

사람들은 혀를 찼다. 보나마나 또 골방에 갇히게 될 거라고 했다. 이번에도 할머니가 밥을 주려고 문을 연 틈을 타서는 집을 도망쳐 나와 옥수수밭에 숨어 있었다고 했다.

나는 도무지 이해할 수가 없었다.

"엄마, 그 아저씨는 왜 하필 양은 그릇이나 솥단지를 훔쳐 가는 거야?"

"그게 쉽게 돈이 되거든. 그걸 고물상에다 팔아서 아편을 사려고 했단다. 동네 사람들이 그러는데 춘천에서 대학교까지 나와 좋은 회사에 취직도 하고 사랑하던 여자랑 결혼해서 예쁜 아기도 낳았었대. 그런데 어느 날 아기가 병으로 죽자, 아내마저 어디론가 사라져 버렸다는구나. 하루아침에 아내랑 아기를 다 잃고 아편에 손을 댄 모양이더라. 참 딱한 사람이야."

엄마는 동네 아줌마한테 들은 이야기를 들려 주었다.

"아편이 뭔데?"

"아주 무서운 약이야. 약기운이 떨어지면 아무것도 할 수가 없으니 어떻게든 약을 구해서 먹어야 한대. 하지만 약에 취해 있을 때는 제 정신이 아니라 무슨 일을 저지를지 모르니까 더 무서운 거지. 그렇게 예쁜 양귀비꽃에 무서운 아편이 들어 있다니."

엄마는 몸을 부르르 떨었다.

"엄마! 양귀비꽃에 정말 아편이 들어 있어? 나 양귀비 꽃씨 먹어 봤는데 굉장히 고소하던걸?"

나는 눈을 동그랗게 뜨고 물었다.

"딱 한 번이야 괜찮겠지. 하지만 다신 먹지 마. 몸에 나쁜 건 아예 손대지 않은 게 좋아."

엄마는 빙긋 웃었다. 하지만 나는 더 이상 잠을 잘 수가 없었다. 양귀비씨가 내 몸 속에 퍼져서 어느 날 내가 남의 집 솥단지를 훔치게 되면 어쩌나 하고 더럭 겁이 났다.

이른 새벽부터 엄마는 옥수수밭에서 찾아온 선학 알

루미늄 냄비랑 솥단지를 닦고 또 닦았다. 거울처럼 반들반들 윤이 날 때까지. 그 아저씨의 손이 닿았던 게 꺼림칙했기 때문이다.

그 날 이후 나는 개처럼 끌려가던 그 아저씨의 모습이 오래도록 잊혀지지 않았다. 데모를 하다가 머리를 다친 후 어리숭해진 순영이 삼촌처럼 불쌍하게만 여겨졌다.

'아, 사람이 몸을 다치든 마음을 다치든 둘 다 똑같이 폐인이 되는구나.'

나는 새삼 진저리를 쳤다.

8

한여름 소낙비가 세차게 쏟아졌다. 황지에서는 빗물조차 까맣다. 비가 오는데도 아이들은 냇물에 풍덩풍덩 들어가 수영을 했다. 수영을 못 하는 나는 물가에서 발장구를 치면서 놀았다.

그렇게 아이들과 냇가에서 놀고 있을 때였다.

무슨 일이 있는지 바람부리 쪽에서 앰뷸런스 소리가 들려 왔다. 나는 아이들과 함께 입술이 파래진 채 집 쪽으로 달려갔다.

골목으로 들어서자 어른들이 모여서 웅성거리고 있었다.

"엄마, 무슨 일 있어?"

"수희야, 큰일났다. 광산에서 사고가 났댄다. 탄광이 무너졌대. 다른 사람들은 대피소로 피했는데 아직 무너진 갱도 속에 여섯 명이나 갇혀 있댄다. 그 여섯 사람 중에 미령이 아버지가 들어 있다지 뭐냐. 미령이 엄마는 정신을 잃고 방금 앰뷸란스에 실려 갔다."

나는 온몸이 얼어 붙는 기분이었다.

간신히 정신을 차린 나는 후닥닥 미령이네 집으로 달려갔다.

미령이는 눈이 빨갛게 된 채 마루 끝에 앉아 있었다.

"미령아……."

나는 무슨 말인가 하려고 했지만 아무 말도 떠오르지 않았다.

"수희야……."

미령이가 나를 보며 와락 울음을 터뜨렸다. 나는 슬픔을 고스란히 받아 안으려는 듯이 미령이를 꼭 끌어안았다.

"흐흑, 우리 엄마는 밥을 풀 때도 네 주걱을 푼 적이 없어. 흑흑…… 아버지 신발도 항상 신발코가 방 안쪽으로 향하도록 해 놓았단 말이야! 무사히 집에 돌아오시길 비는 마음으로. 그토록 조심을 했는데 왜 우리 아버지한테 사고가 난 거지, 응?"

미령이는 내 품에 안겨 흐느껴 울었다.

나는 미령이를 위해 아무것도 해 줄 수 없는 게 안타까웠다. 그저 미령이의 어깨를 두드려 줄 뿐이었다.

탄광 사고가 나면 황지 시내는 더욱더 음산한 잿빛 마을이 된다.

사람들마다 바짝바짝 애를 태우며 사고 소식에 귀를 기울인다.

"도대체 어떻게 일어난 사고래?"

"아직 정확한 건 모르지만 얼마 전에 내린 소낙비로 갱 내에 물이 스며들었던 모양이야. 그 바람에 약해진 탄층이 무너져 내렸겠지."

"그렇다면 모두 매몰되었단 말이지?"

"구조 작업을 펼치고 있긴 하지만 워낙 갱도가 깊어서 힘든 모양이야. 쯧쯧, 날마다 밥 반, 탄가루 반을 먹어 가며 돈을 버는 광부들인데…… 그예 사고를 당했구먼. 어쨌든 무사해야 할 텐데."

사람들은 모두 제 일처럼 걱정을 하였다.

하지만 하루 이틀이 지나도록 구조 소식은 전해지지 않았다.

나는 날마다 미령이네 집으로 갔다.

병원에서 깨어난 미령이 엄마는 아예 탄광 구조반 앞에 가서 살다시피 했다. 미령이는 집에서 동생들을 돌보았다.

"수희야, 난 커서 절대 광부한테 시집가지 않을 거야. 황지 같은 탄광촌에서도 절대 안 살래. 난 꼭 도시에서 살 테야. 거긴 탄광 따윈 없을 테니까. 난 이 세상에서 까만색이 제일 싫어!"

미령이는 눈물을 떨어뜨리며 입을 비죽였다.

"그래, 미령아, 이 다음에 절대 광부한테 시집가지 말아라. 그리고 꼭 탄광이 없는 도시에 나가서 살렴, 꼭."

나도 맞장구를 쳤다. 미령이가 조금이라도 기뻐할 수만 있다면 무슨 말이라도 해 주고 싶었다.

그렇게 나흘째 되는 날이었다. 광산에서 슬픈 소식이 전해져 왔다. 구조반이 매몰되었던 광부 네 명의 시신을 찾아 냈다는 것이다. 나머지 두 명의 생사는 아직 알 수 없다고 했다.

미령이 아버지는 바로 남은 두 명의 광부 중 한 명이었다.

"미령아, 힘내! 너희 아버진 살아 계실 거야."

"다 돌아가셨다잖아! 우리 아버지도…… 흑흑."

미령이는 참새처럼 오들오들 떨었다. 미령이 말이 맞을 지도 모른다. 공기가 통하지 않는 캄캄한 막장에서 누가 이렇게 오래 버틸 수가 있단 말인가.

그 날 밤은 너무나도 길었다.

다음 날 아침, 오랜만에 햇빛이 쨍 빛났다.

그 때였다. 갑자기 바람부리 골목이 시끌시끌해졌다.

"광부들이 구조되었다! 광부들이 살았다!"

라디오 앞에서 숨을 죽이며 뉴스를 듣던 바람부리 사람들이 뛰쳐나오며 외쳤다.

"아니, 그렇다면 미, 미령이 아버지가!"

나는 숙제를 하다말고 후닥닥 미령이네 집으로 뛰어나갔다.

"미령아, 미령아! 너희 아버지가 살아 있대."

"뭐, 정말?"

미령이의 눈이 화등잔만 해졌다.

그 날, 나는 우리 집 고물 라디오에서 귀를 뗄 수가 없었다. 라디오에서 아나운서가 계속 속보를 전해 주었다.

"아, 정말 대단한 정신력입니다. 그러니까 다시 한 번 정리를 해 드리겠습니다. 사고 당일 정인철 씨와 최순돌 씨는 갱도 안쪽에서 채탄 작업을 하고 있던 중 갑자기 탄층이 무너지면서 함께 매몰되었습니다. 그런데 운 좋게도 무너진 버팀목과 버팀목 사이에 조그만 공간이 생겨서 정씨와 최씨는 그 속에 웅크린 채 닷새를 버티고 있었다고 합니다. 구조반이 지금 조심스럽게 매몰 현장 가까이 다가가고 있습니다만 아직까지는 생존자와 구조반이 가느다란 홈을 이용하여 대화를 주고받고 있는 상황입니다. 아마 오늘 밤 열 시쯤이면 구조가 끝날 것으로 예상됩니다. 여기는 황지탄광, 매몰 현장에서……."

아나운서도 흥분된 목소리로 소식을 전했다.

"미령아, 됐어. 이제 됐어!"

나는 들뜬 목소리로 외쳤다.

미령이도 눈물을 주르르 흘렸다.

그 날 밤 거의 자정이 다 되어서야 미령이 아버지는

구조되었다. 구조되자마자 황지광업소 병원으로 실려 갔다. 날이 밝자 엄마는 마을 사람들한테 들은 이야기를 들려 주었다.

"글쎄, 서로 자기 오줌을 받아 마시며 갈증을 이겨 냈단다. 둘이서 정신을 잃지 않으려고 가족들의 이름을 한 명씩 부르며 며칠을 버텼대. 캄캄한 막장 속에서도 가족에 대한 사랑이 있었기에 살 수 있었던 게야."

그런 말을 하는 엄마의 얼굴에 언뜻 부러움이 스쳤다.

아무 말도 하지 않았지만 나도 속으론 부러웠다. 죽음이 바로 코앞에 다가왔을 때 가장 생각나는 사람이 식구들의 얼굴이라면, 아버지는 누굴 떠올릴지 궁금해졌다. 아버지에게 바람부리에 사는 우리가 가족이긴 한 걸까?

풀잎마다 오롱조롱 이슬이 맺힌 이른 아침, 냇가에 나가 나는 망초며 패랭이, 엉겅퀴꽃을 꺾었다. 옥수수 잎새를 닮은 길죽한 풀잎도 몇 개 따서 작은 꽃다발을 만들었다. 그리곤 천천히 미령이네 집으로 갔다.

"미령아! 이거 이따 아버지 병문안 갈 때 가져가렴."

나는 쑥스러운 듯 꽃다발을 내밀었다. 미령이에게 뭔가 좋은 선물을 하고 싶어서 만든 꽃다발이었다.

"고마워, 수희야. 정말 고마워."

미령이 얼굴이 박꽃처럼 환해졌다.

9

어느새 여름 방학이 시작되는 날이다.

선생님이 나눠 준 통지표를 받아든 내 손이 파르르 떨렸다.

'아버지가 보면 좋아하시겠다.'

나는 통지표를 들고 배시시 웃었다. 조금이라도 빨리 아버지한테 통지표를 보여 드리고 싶었다.

종례가 끝나자마자 나는 후닥닥 달려갔다. 저만치 '서울 한의원'이 보이자 나는 다른 날보다 한껏 의기양양하게 유리문을 드르륵 열었다. 그 날은 웬일인지 아버지의 한약방에 손님이 많았다. 아버지는 약장 앞에 하얀 종이를 펼쳐 놓고 이 서랍 저 서랍에서 한약재를 꺼내어 첩약을 짓고 있었다.

"아버지!"

나는 격양된 목소리로 아버지를 불렀다.

"나중에 오너라. 지금은 손님 계시잖니!"

아버지는 내가 또 돈을 타러 온 줄 알았던 것일까?

"아버지, 그, 그게 아니라……."

"어허, 이따가 오라니까!"

안경 너머 아버지의 눈빛이 잔뜩 치켜 올라갔다.

"……."

나는 고개를 푹 숙이고 조심스럽게 한약방을 나왔다. 하지만 걸을 때마다 나도 모르게 눈물이 나왔다.

나는 집에 돌아와서도 엄마한테 통지표를 보여 주지 않았다. 엄마는 까막눈이라 보여 줘도 모르니까. 내 통지표에 '수'가 얼마나 많은지, 선생님이 칭찬의 말을 어떻게 써 줬는지도 모른다.

나는 한여름인데도 이불을 머리끝까지 덮고 낮잠을 잤다.

어느 틈에 한낮의 뜨거운 햇빛도 스러지고 어스름 저녁이 되었다. 엄마는 부엌에서 저녁밥을 짓고 있었다. 두 동생들이 마당에서 찐 옥수수를 베어 물고 있는 게 보였다.

참 이상한 일이었다. 나는 자꾸 오늘이 다 지나가기 전에 아버지한테 통지표를 보여 주고 싶어서 안달이 났다.

나는 통지표를 몰래 옷섶에 숨겨 가지고 집을 나섰다.

저만치 아버지의 한의원이 보이자 자꾸만 가슴이 콩콩 뛰었다. 그 쪽 동생들 앞에서 내 통지표를 보고 환하게 웃으며 칭찬을 해 주는 아버지의 모습을 떠올리자 더욱 그랬다.

나는 살그머니 한의원의 문을 열었다. 하지만 그 곳에는 아버지 대신 알싸한 한약 냄새만 코끝에 풍겨 왔다.

문소리가 나자 안채에 있던 수철이가 나왔다.

"왔어? 들어 와."

마음 착한 수철이가 반갑게 맞아 주었다.

"아버지는……?"

"몰라, 조금 전에 나가셨어. 엄마가 그러는데 오늘 아버지 돈 많이 벌었대. 어떤 손님이 보약을 스무 첩이나 지어 갔대."

수철이는 기쁜 듯 말했다.

"……."

나는 어찌 할 바를 몰라 우두커니 그 자리에 서 있었다.

그 때 문득 얼마 전 '황지옥'으로 들어가던 아버지의 모습이 떠올랐다.

'그래, 아버지는 또 거기 가셨을 거야!'

나는 부리나케 황지옥 쪽으로 달려갔다.

날은 금방 어둑어둑해졌다. 황지 시내 여기저기에 휘황찬란한 불이 켜졌다.

고향이 그리워도 못 가는 신세
저 하늘 저 산 아래 아득한 천 리
언제나 외로워라 타향에서 우는 몸
꿈에 본 내 고향이 마냥 그리워라.

그 곳에서는 여전히 흥겨운 노래와 웃음소리가 골목으로 퍼져 나왔다. 나는 슬며시 황지옥 안으로 들어갔다. 고소하고 기름진 음식 냄새가 마당 가득 풍겨 왔다. 넓은 대청마루에서 날아갈 듯 고운 한복을 입은 어여쁜 아줌마들이 왔다갔다 하는 게 보였다.

나는 문이 열려 있는 방 안을 들여다보았다. 커다란 교자상에는 맛있는 음식들이 가득 차려져 있었다. 그 앞에는 사람들이 빙 둘러 앉아 있었다.

그 때였다. 옆에 앉은 어여쁜 아줌마가 따라 주는 술잔을 마악 입으로 가져가려던 아버지의 눈과 내 눈이 딱 마주쳤다.

아버지의 눈이 화등잔만 해졌다.

"수희, 네가 웬일이냐?"

놀란 아버지가 허둥지둥 나와 물었다.

아버지의 얼굴을 본 순간 난 금방 알아차렸다. 내가 지금 오지 말았어야 할 곳에 와 있다는 것을. 하지만 이미 늦었다. 당장 두더지처럼 어디론가 숨고 싶었지만 그럴 수가 없었다.

"글쎄, 여긴 왜 왔느냐니깐!"

아버지가 짜증스럽게 다시 다그쳐 물었다. 나는 잔뜩 겁에 질려서는 옷자락 안에 숨긴 통지표를 아버지의 코앞에다 불쑥 내밀었다.

"아버지, 이, 이거요."

"그게 뭔데?"

"토, 통지표요."

"뭐어? 그걸 보여 주려고 여기까지 왔단 말이야? 이런 철딱서니 없는 것 좀 보게. 당장 집으로 가지 못해? 여긴 너 같은 아이들이 드나드는 곳이 아니다!"

아버지는 화를 버럭 냈다.

나는 통지표를 구겨 든 채 쏜살같이 황지옥을 뛰쳐나왔다.

"아버지 밉다, 정말 미워!"

나는 울면서 뛰어갔다. 너무 부끄럽고 슬퍼서 밤이면 황 부자 귀신이 나타난다는 황지연못에 풍덩 빠져 죽고만 싶었다.

나는 집 뒤의 냇가로 달려 갔다. 그리곤 맹꽁이, 여치, 풀무치 들이 울어 대는 풀섶에 웅크리고 앉았다. 달빛에 까만 냇물이 등허리를 반짝이며 흘러가는 게 보였다.

'냇물아, 까만 냇물아, 넌 어디로 가니? 나도 너처럼 어디론가 흘러가고 싶어. 아버지가 없는 그 어느 곳으로.'

나는 냇물을 보며 숨죽여 울었다. 가슴뼈가 빠개지는 것처럼 아팠다.

한참 후, 나는 딱지처럼 접은 통지표를 손에 쥐고는 집으로 돌아왔다.

한밤중이었다. 나는 윗목에서 들려 오는 두런거리는 소리때문에 문득 잠에서 깨어났다.

"수희, 깨울까요?"

엄마가 조심스레 물었다.

"놔 두구료. 아직 안 자면 이걸 먹이려고 싸왔는데…… 아깐 생각지도 않은 일이라 놀라서 된통 야단을 쳤는데 어린 게 마음이 상했을 게요."

아버지였다. 아버지가 우리 집에 온 것이다. 어쩌다 한 번, 손님처럼 들리는 아버지가 나에게 줄 음식을 싸 들고서 이 밤중에 바람부리, 우리 집에 온 것이다.

"이게, 아까 날 보여 주려던…… 통지표구먼."

아버지는 내 머리맡에 놓여 있던 딱지처럼 접은 통지표를 펴 보았다.

"기특해라. 어린 마음에 이걸 자랑하고 싶어서 왔는데…… 애비라고 잘 해 주지도 못 하고……."

아버지는 잠든 척 누워 있는 내 얼굴을 쓰다듬었다. 하지만 나는 조금도 기쁘지 않았다. 어쩌다 손님처럼 찾아오는 아버지, 우리 집보다 술집을 더 자주 가는 아버지가 아니고 날마다 내 옆에 있는 아버지가 그리웠다. 그렇다면 통지표를 들고서 황지옥에 가지도 않았을 테니까.

나는 손과 발이 저렸지만 몸을 뒤척이진 않았다.

한참 후 아버지가 돌아가는 소리가 들릴 때까지.

그 날 이후 내 마음은 점점 아버지에 대한 미움으로 차가워져만 갔다.

10

나는 어느새 5학년이 되었다. 담임 선생님은 작년에 새로 부임한 고성주라는 총각 선생님이었다. 얼굴은 약간 사각형이었지만 키도 크고 멋진 분이었다. 게다가 희곡도 쓰고 연극 반을 맡는 등 여러 방면에 재주가 많은 분이었다.

나는 반장이 되었다. 바람부리 아이, 가난한 집 딸인 내가 부잣집 아이들을 다 제치고 반장으로 뽑힌 것이다.

나의 학교 생활은 나날이 기쁨에 넘쳤다. 친구들도 전처럼 나를 따돌리지 않고 '강원도' 아이로 받아 주었다. 모처럼 즐거운 생활이 찾아온 것이었다.

하지만 나의 즐거움은 그리 오래 가지 않았다. 아버지

는 황지 생활 2년 만에 또다시 영월이라는 낯선 곳으로 떠났다.

"곧 자리를 잡으면 데리러 올 테니, 그 때까지 어려워도 참고 기다려라."

아버지는 우리 네 식구에게 이 말만 무뚝뚝하게 남긴 채 그 쪽 엄마와 수철이, 수창이, 수애를 데리고 떠났다.

"그래, 아버지가 우릴 버린 거야!"

난 도저히 아버지를 용서할 수가 없었다. 아버지에게 우린 가장 소중한 '가족'이 아닌 것이었다. 난 입술을 깨물며 울었다.

이제 강원도 깊은 산골, 밤이면 호랑이가 나타난다는 탄광 마을 황지에 달랑 우리 네 식구만 남겨졌다. 게다가 영월로 간 아버지한테서는 돈이 오지 않았다. 라디오에서 박정희 의장이 '어떠한 일이 있더라도 국민을 굶기지 않겠다.'라며 여전히 큰 소리를 쳤지만 우리 네 식구는 굶는 게 태반이었다.

엄마는 우리를 먹여 살리기 위해 산과 들을 헤매며 나물을 뜯어 왔다. 명아주, 비름, 질경이, 쑥, 냉이, 고사리, 취나물……, 먹을 수 있는 건 뭐든지 뜯어다 죽을 끓여 먹었다. 밀가루 찌꺼기인 밀기울 수제비는 먹을 때마다 자꾸만 목에 걸렸다. 부드럽고 말랑말랑한 밀가루 수제비라도 먹던 때가 오히려 좋았다.

나는 늘 배가 고팠다.

그러던 어느 날이었다. 담임 선생님이 내게 심부름을 시켰다.

"수희야, 이것 좀 우체국에 가서 부치거라."

선생님은 '현대문학'이라고 쓴 봉투와 함께 우표값을 내게 주었다. 나는 우표값을 조심스레 주머니에 넣고는 운동장을 나왔다. 따가운 봄볕에 머리가 어질어질했다. 며칠째 밥은커녕 밀기울 수제비도 제대로 먹지 못한 탓이다.

나는 힘없이 책가방을 든 채 거리로 나왔다.

그 때, 어디선가 고소한 냄새가 솔솔 풍겨 왔다. 학교 앞 국화빵 손수레에서 풍겨 오는 냄새였다. 고소한 냄새를 맡자 배에서 꼬르륵 요동을 쳤다. 빨리 먹을 걸 넣어 달라는 신호처럼.

나는 나도 모르게 한 발 한 발 그 쪽으로 다가갔다. 마침 한 아이가 잘 익은 국화빵을 한 입 베어 물었다. 파삭 하는 소리와 함께 뜨거운 단팥이 입 양쪽으로 삐져나오는 게 보였다. 침이 꼴깍 넘어갔다. 배에서 꼬르륵 소리가 더 크게 났다.

그러는 사이에도 국화빵 아저씨는 기름칠한 솜방망이

로 국화빵 틀을 반들반들 윤나게 닦았다. 그리곤 밀가루 반죽을 주르륵 쏟아 붓고 단팥을 숟가락으로 떠 넣었다. 잠시 후 국화빵 틀을 드르륵 돌리며 뚜껑을 열자 노릇노릇하게 익은 국화빵이 나왔다.

'한 개만 먹었으면…….'

나는 국화빵 한 개만 먹었으면 소원이 없을 듯 했다.

우표값을 꼬옥 쥔 손이 어느새 땀에 젖어 축축해졌다.

"얘야, 국화빵 줄까?"

아저씨가 물었다.

"네, 주…… 주, 주세요."

나는 마치 기다렸다는 듯이 손에 쥐고 있던 우표값을 불쑥 내밀었다.

아저씨는 종이 봉투에 국화빵을 가득 담아 주었다.

나는 그걸 들고 정신 없이 뛰었다. 가슴이 쿵쾅쿵쾅 방망이질을 했다.

집에 돌아온 나

는 국화빵 봉지를 풀어 놓았다.

"우와, 국화빵이다! 누나, 이거 어디서 났어?"

"응, 친구 엄마가 사 줬어."

나는 얼른 둘러댔다.

"야아, 신난다!"

수영이가 덥석 한 개를 베어 물었다. 수진이도 아장아장 걸어와서는 얼른 한 개를 집어 들었다. 국화빵은 너무나도 달콤하고 고소했다. 하지만 선생님이 부치라고 준 책이 문제였다. 겉표지에 무슨무슨 부대라고 쓰인 주소가 가만히 나를 올려다보았다.

'너, 도둑년이지?'

책이 내게 말하는 듯했다. 달콤한 국화빵을 먹었는데도 입 안이 썼다. 나는 얼른 앉은뱅이 책상 서랍 깊숙한 곳에 책을 숨겼다. 하지만 다음 날부터 선생님의 얼굴을 똑바로 쳐다볼 수가 없었다. 자꾸만 국화빵과 바꿔 먹은 우표값이 생각났기 때문이다. 달콤함은 잠깐이었지만 그 고통은 너무나도 오랫동안 나를 괴롭혔다.

영월로 간 아버지한테서 소식이 끊긴 지가 벌써 여러 달이 지났다. 아버지는 우리를 잊은 게 분명하였다. 우리는 겨우 목숨을 이어갈 뿐이었다.

나는 학교를 갈 때마다 아버지의 한의원이 있던 자리

를 쳐다보는 게 버릇이 되었다. 이제 한의원이 있던 자리에는 '신신 양복점'이 들어섰다. 그러나 나는 거기에 아버지가 있기라도 하듯 날마다 그 쪽을 바라보았다. 그럴 때마다 아버지에 대한 그리움보다 미움이 목구멍까지 차올라왔다. 버림 받았다는 생각 때문에 죽고 싶을 지경이었다.

그러던 어느 날 옆집 아줌마가 찾아왔다.

"수희 엄마, 이렇게 무작정 남편만 기다리다 굶어 죽겠어요. 저기 시내에 '대동 공업사'라고 알지요? 왜 자동차나 트럭을 고쳐 주는 집 말예요. 그 집 뒷방이 비었다는데 거기로 이사 가면 어때요? 가서 부엌일을 좀 도와주면 먹을 건 걱정 안 해도 될 테니까요."

엄마는 아무 말도 하지 않았다. 난 엄마가 그 일을 하지 않을 거라고 생각했다. 천안에서도 할머니가 사다 주는 쌀이며 찬거리로 그저 알뜰살뜰 살림만 꾸려 나갈 뿐 주변머리라곤 없었으니까. 설령 우리가 굶어 죽는다해도 스스로 돈을 벌 분이 아니었다.

"아주머니, 갈게요. 남의 집 부엌데기이면 어때요, 내 새끼들 따순 밥 먹이고 따순 데서 재울 수만 있다면 뭐든지 해야지요."

"엄마……."

난 믿을 수가 없었다. 엄마의 어디에 저토록 강한 모습이 숨어 있었을까. 아버지가 없으면 그 자리에서 딱 죽을 것 같았던 나약한 엄마가 어떻게 저런 말을 할 수 있단 말인가.

"왜, 엄마가 너희들 밥 굶길 줄 알았어? 가자, 아버지가 부를 때까지 거기 가서 살자."

엄마는 내 손을 힘껏 잡았다.

나도 모르게 눈물이 주르르 흘러내렸다. 하지만 내 눈은 웃고 있었다.

"그래, 엄마, 우리 이사 가자. 나도 바람부리보다는 시내가 좋아."

엄마와 나는 싸움터에 나가는 군인들처럼 주먹을 꼬옥 쥐었다.

'그래, 아버지가 우릴 버렸어도 우린 잘 살 거야. 두고 봐. 보란 듯이 살아 낼 테니.'

엄마가 불끈 힘을 내자 나도 덩달아 힘이 났다.

우리 네 식구는 그렇게 바람부리를 떠났다. 솥단지와 이불보따리, 작은 옷장, 앉은뱅이 책상 들을 끌고 시내 대동 공업사 뒷방으로 간 것이다. 그 곳에서 엄마는 난생 처음 돈벌이를 시작했다. 천안에서 이종 사촌들이 늘 '약국 이모'라고 부르던 엄마가 남의 집 부엌 아줌마가 된 것이다. 나와 동생들을 위해.

대동 공업사는 아주 큰 자동차 공장이었다. 하루 종일 사람들이 북적북적댔다. 자동차나 트럭을 고치는 공장 오빠들은 하루에도 몇 번씩 번갈아 가며 밥을 먹었다. 그 집으로 간 엄마는 늘 부엌에서 살아야 했지만 완전 딴사람이 된 듯했다. 수많은 식구들의 밥을 척척 해 내고 얼굴이며 목소리에도 생기가 돌았다.

"엄마, 힘 안 들어?"

"힘들긴. 너희들이 이렇게 따뜻한 밥 먹고 따뜻한 집에서 살게 된 것만도 고마운걸."

엄마는 자신의 힘으로 우리를 먹여 살릴 수 있어서 마냥 뿌듯해 하였다. 나도 꿔다 놓은 보릿자루 같은 엄마가 아닌 씩씩한 엄마가 좋았다. 그런 엄마 덕분에 우리는 더 이상 밀기울이나 나물죽을 먹지 않아도 되었다.

"누나, 이것 봐. 하얀 쌀밥이야! 너무 맛있어. 반찬 없어도 꿀떡꿀떡 잘 넘어가는걸. 자, 봐."

수영이는 하얀 쌀밥을 한 숟가락 푹 퍼서는 입에 넣었다.

"그래도 반찬이랑 먹어."

나는 돼지고기를 듬성듬성 썰어 넣고 끓인 김치찌개

를 푹 떠 먹으며 웃었다.

우리 식구는 천안을 떠난 후 처음으로 밥 걱정을 하지 않게 되었다.

"어려워 말고 친척집이다, 생각하고 지내세요."

대동 공업사 사장인 아저씨와 아줌마가 늘 친절하게 대해 줘서 마음도 편했다. 이제 갓 중학교에 입학한 주인집 인호 오빠랑 한 살 아래 인규도 까탈을 부리지 않았다. 특히 여동생이 없던 인호 오빠는 나를 친동생처럼 귀여워 해주었다. 나도 인호 오빠와 같은 집에 살게 된 게 싫지 않았다.

나는 어느새 안채에까지 스스럼없이 놀러 가곤 하였다.

"수희야, 너 이번에 반공 웅변 대회에 나간다며? 어디, 내 앞에서 한 번 해 봐."

"싫어, 여기서 어떻게 해? 창피하게."

나는 샐쭉 눈을 흘겼다.

"바보, 여기서도 못 하면 사람들 많은 데선 어떻게 할래? 그러지 말고 한 번 해 봐."

인호 오빠는 짓궂게 졸랐다. 하지만 나는 끝까지 오빠 말을 듣지 않았다. 오빠 앞에서 어떻게 '이 어린 소녀는 공산당이 없는 나라에서 살고 싶습니다!' 하고 두 주먹을 불끈 쥐고 목청을 돋구어 소리를 지른단 말인가.

며칠 후 웅변 대회가 열리는 날 방에서 다같이 밥을 먹을 때였다.

"수희야, 자 이거 먹어."

인호 오빠는 갑자기 손에 쥐고 있던 날달걀을 톡 깨서 내게 내밀었다.

"이걸, 왜?"

나는 의아한 얼굴로 물었다.

"응, 이거 먹으면 목소리가 갈라지지 않고 부드럽게 나온대. 너 오늘 꼭 상 받으라고 주는 거야."

나는 인호 오빠가 내민 날달걀을 꿀꺽 삼켰다. 입 안 가득 번지는 비릿한 냄새 때문에 토할 것만 같았지만 인호 오빠의 따스한 마음을 생각해서 얼른 목구멍으로 넘겼다.

그 날달걀 때문이었을까? 나는 웅변 대회에서 2등상을 받았다.

나는 인호 오빠한테 자랑하고 싶어서 한달음에 집으로 달려갔다. 그리곤 인호 오빠의 코앞에다 상장을 팔락팔락 흔들었다.

"우와! 수희야, 잘했어. 참 잘했어!"

인호 오빠는 나를 와락 껴안고는 빙글빙글 돌렸다.

"아, 어지러워! 오빠, 내려 줘, 얼른."

나는 발버둥을 쳤다. 하지만 오빠는 그럴수록 신바람이 나는지 나를 안고 오래오래 돌았다.

"아아."

나는 한참 만에 방에 푹 쓰려졌다. 주인집 천장이랑 장롱이 막 빙글빙글 돌고 어지럼증이 일었다. 하지만 누군가 나를 알아 주고, 예뻐해 주고, 소중하게 생각해 준다는 느낌이 온몸으로 느껴졌기 때문인지 나는 마치 솜사탕을 먹었을 때처럼 달콤한 기분이 들었다.

나는 점점 뭐든지 인호 오빠에게 보여 주고 자랑하고 싶었다.

나의 그런 바람들이 내 마음 속에 숨어 잠자던 씨앗을 꽃피게 한 것일까? 며칠 후 나는 또 뜻밖의 큰 상을 받게 되었다. 군에서 주최하는 글짓기 대회에 나갔다가 최고상인 장원을 받은 것이다.

"수희야, 정말 장하다. 아무래도 선생님이 보기에 넌 작가가 될 소질이 있는 것 같구나. 이 다음에 커서 꼭 작가가 되렴."

고성주 선생님은 흐뭇한 얼굴로 말했다.

'작가.'

학교 도서실에서 재미있는 동화책을 자주 빌려 읽으

면서도 그런 생각은 한 번도 해 보지 않았다. 그저 막연히 이 다음에 커서 선생님이 되면 어떨까 하는 생각을 했을 뿐이었다. 그래서 작가가 되라는 선생님의 말씀은 내게 새로운 충격이었다. 도서실에 꽂힌 수많은 책을 쓴 작가들처럼, 내게도 작가가 될 소질이 있다는 게 그저 놀라웠다.

"오빠! 선생님이 나보고 이 다음에 커서 작가가 되래."

나는 떨리는 목소리로 말했다.

"야, 그거 참 멋진 일이다. 그래, 수희야, 작가가 되렴. 이 세상의 모든 걸 글로 표현한다는 건 정말 아름다운 일이잖아. 넌 잘할 거야."

겨우 두 살 위인데도 인호 오빠는 늘 어른처럼 말했다.

나는 어서 커서 작가가 되어 선생님이랑 인호 오빠, 그리고 나를 버린 아버지에게 보란 듯 자랑 하고 싶었다.

오랜만에 나는 참 행복했다. 학교 생활도 재미있었다. 학예회 때는 고성주 선생님의 지도로 연극도 하고, 졸업식날에는 재학생 대표로 송사도 읽고, 집에선 나를 어여삐 여겨 주는 인호 오빠를 매일 볼 수 있고……. 아버지한테서 소식이 없는 것만 빼놓고는 그야말로 더 바랄 게 없을 만큼 즐겁기만 하였다.

그런 가운데 겨울이 지나고 2월이 되자 나는 슬픈 소식을 들었다. 고성주 선생님이 전근을 가신다는 소식이었다. 선생님과의 예쁜 추억들이 내 눈앞에 떠올랐다. 웅변 대회며 연극 연습, 군대회 백일장에서 장원을 받은 일, 졸업식 송사를 읽었던 일……, 무엇보다 우표값으로 국화빵을 사 먹은 일을 떠올리자 가슴께가 아려 왔다.

'선생님, 언젠가 꼭 우표값 갚아 드릴게요.'

나는 속으로 다짐할 뿐이었다.

정들었던 선생님도 떠나고 6학년이 된 지 얼마 후였다. 거의 1년 만에 영월의 아버지한테 소식이 왔다. 아버지 없이 우리 네 식구끼리 오순도순 잘 살고 있는데 이제 와서 우릴 부른 것이다.

"엄마, 뭐 하러 가? 난 안 갈래."

나는 왈칵 화를 냈다.

"나도 안 가고 싶다. 그렇지만 너희한테 아버지가 있어야 해. 버젓이 아버지가 살아 있는데 낯선 땅에서 애비 없는 자식으로 만들긴 싫다."

엄마도 조금은 마음이 흔들리는 눈치였다. 우리 네 식구끼리 오붓하게 살고 있는데 또다시 아버지의 그늘로 돌아가고 싶지 않은 것이다. 하지만 엄마는 나와 수영이,

수진이가 '애비 없는 자식'이라는 말을 들을까 봐 겁이 났던 거다.

"그래도 난 안 가고 싶어!"

나는 고개를 절레절레 내저었다. 영월에 가서 또 아버지의 눈치를 살피며 돈을 타 오고, 그 쪽 엄마와 아이들의 행복한 모습을 바라보아야 할 일이 끔찍했다.

그런데 인호 오빠의 의견은 나와 반대였다. 너무 뜻밖이었다.

"수희야, 나도 너랑 오래오래 같이 살고 싶다. 그렇지만 가야 해. 언제까지 너희 엄마가 우리 집 부엌일을 하시겠니? 안 돼, 이제 곧 너도 중학교에 가야 하고 동생들도 공부를 해야 하는데 엄마 혼자의 힘으로 그걸 어떻게 다 감당하시겠니? 그러니까 아버지 곁으로 돌아가렴. 언젠가 네가 아버지를 떠날 때가 올 때까지. 알았지?"

"오빠……."

나는 대답 대신 눈물을 뚝뚝 떨구었다. 나는 겨우 열세 살이고, 엄마는 고작 남의 집 부엌일을 하는 아줌마이며, 아직 우리에겐 아버지의 그늘이 필요하다는 걸 인정하기가 분했기 때문이었다. 더군다나 인호 오빠랑 헤어져야 한다는 게 무엇보다 가슴 아팠다. 어느새 인호 오빠와 정이 담뿍 들었던 것이다.

참 이상한 일이었다. 어느 날 인호 오빠랑 만화책을 보고 있는데 갑자기 배가 살살 아팠다.

"오빠, 배 아파."

"왜, 뭐 잘못 먹었니? 어디 보자."

인호 오빠는 엄마처럼 손으로 쓱쓱 내 배를 문질러 주었다. 그러자 얼마 지나지 않아 온몸이 꽃구름을 탄 듯 나른해지면서 더 이상 배가 아프지 않았다.

"오빠, 이젠 다 나았어."

"어, 그래? 내 손이 약손이네."

오빠는 활짝 웃었다. 하지만 나는 통 알 수가 없었다. 오빠가 손으로 내 배를 쓱쓱 문질러 주자 왜 요술을 부린 듯 아픈 게 낫고, 꽃 향기를 맡을 때처럼 달착지근한 기분이 드는지를. 누군가를 좋아하면 저절로 그런 기분이 드는 걸까? 어쨌든 나는 인호 오빠만 옆에 있으면 마냥 좋았다. 자꾸 조잘조잘 이야기를 하고 싶고, 오빠의 목소리를 듣고 싶었다. 심지어 염소 똥처럼 생긴 콩자반도 오빠가 좋아하니까 덩달아 좋아졌다. 하지만 그렇게 좋아하는 인호 오빠를 두고 나는 영월로 가야만 했다.

마침내 황지를 떠나기 전 날이었다. 나는 밤늦도록 잠을 잘 수가 없었다.

또다시 정든 황지를 떠나려니 통리고개를 넘어올 때의 일이며, 그 쪽 엄마랑 같은 집에 살면서 엄마가 매일 밤 훌쩍훌쩍 울던 일, 바람부리에서 있었던 일들이며, 마음 착한 미령이…… 인호 오빠가 자꾸 눈앞에 아른거렸다.

나는 이런저런 생각을 하다가 새벽녘에야 잠깐 눈을 붙였다.

"수희야, 어서 일어나렴!"

엄마가 나를 흔들어 깨웠다. 벌써 우리를 데려갈 이삿짐 트럭이 온 것이다. 우린 서둘러 짐을 모두 실었다. 그 동안 친척처럼 우릴 돌보아 준 주인 아저씨 아줌마와도 작별 인사를 나눴다. 그런데 아무리 둘러보아도 인호 오빠만 보이지 않았다.

"아줌마, 인호 오빠는요?"

"글쎄, 아침 일찍 학교에 간 모양이다. 그 녀석, 인사도 없이 가다니 무슨 일인지 모르겠다."

나는 주인 아줌마 앞에서 눈물을 보일까 봐 얼른 방으로 되돌아왔다. 이삿짐을 다 들어 낸 방은 휑하니 쓸쓸해 보였다.

'나한테 잘 가라는 말도 없이 학교에 가다니……'

나는 속으로 서운한 마음이 들었다. 그 때였다. 막 방을 나오려는데 창문틀에 흰나비처럼 살짝 앉아 있는 쪽지가 보였다.

나는 떨리는 마음으로 곱게 접은 쪽지를 폈다. 오빠의 글씨였다. 인호 오빠가 나에게 편지를 남긴 것이다.

수희야, 잘 가!

그 동안 너랑 같은 집에서 살면서 정말 기뻤다.

이젠 너랑 같이 밥을 먹을 수도 없고, 네 맑은 웃음소리도 들을 수 없고, 조잘조잘대는 소리도 들을 수 없겠지만, 그래도 너를 잊지 않을 거야. 절대로 안 잊을 거야.

수희야, 영월에 가서도 잘 지내렴. 그리고 이 다음에 커서 꼭 멋진 작가가 되길 바란다. 꿈이 있는 사람은 마음 속에 등불을 켜 놓은 것처럼 언제나 길을 잃지 않는대. 네가 꼭 꿈을 이루길 바랄게.

그럼, 꼬마 작가, 안녕! 너를 보면 눈물이 날 것 같아서 이렇게 일찍 학교에 간단다.

너를 좋아하는 인호 오빠가

자꾸만 내 눈앞이 뿌옇게 흐려졌다. 눈자위가 뜨듯해지면서 눈물이 주르르 흘렀다. 인호 오빠도 나를 좋아한다는 게 기쁘기도 하고, 그런 오빠를 두고 가는 게 슬펐다. 나는 쪽지를 소중하게 쥔 채 트럭에 올라탔다.

트럭은 봄인데도 군데군데 흰 눈이 남아 있는 산길로 접어들었다. 벌목꾼들이 아름드리나무를 도끼로 쾅쾅 찍어 내는 산판을 지나갔다. 황지처럼 까만 석탄 가루를 뒤집어쓰고 있는 고한, 사북 탄광 마을도 지나고, 예미, 연하를 지나 마침내 푸른 강물이 흘러가는 영월까지 달려갔다.

11

영월은 황지와 모든 게 달랐다. 열두 살 어린 나이에 왕위에 오른 단종 임금이 3년 뒤에 숙부인 수양 대군에게 쫓겨나 귀양살이를 했던 청령포가 있고, 어린 단종이 열일곱 살의 나이로 한 많은 생을 마친 관풍헌이며, 소나무들이 모두 능을 향해 절을 하듯 굽어 있는 단종의 무덤 장릉도 있었다. 그리고 단종이 죽자 임금을 따르던 시녀들이 떨어져 죽었다는 낙화암을 비롯해, 단종에 얽힌 슬픈 이야기가 곳곳에 스며 있어서 나는 좋았다.

또다시 아버지는 영월에 온 우리에게 따로 방을 얻어 주었다. 그 곳은 시내에서 멀리 떨어진 '하송리'라는 곳이었다. 청령포로 가는 신작로 옆의 길갓집, 트럭이나 버스가 지나갈 때마다 뽀얀 먼지가 사정없이 방으로 날아 들어오는 집, 고개 넘어 공동묘지로 하루에도 몇 번씩 상여가 지나가는 곳에다 방 한 칸을 마련해 준 것이었다. 손바닥만한 마당도 없이 방문을 열면 곧바로 큰길이 나오는 길갓집이었지만 나는 그 곳이 마음에 들었다.

그 집에서 보면 멀리 우람한 은행나무 한 그루가 눈에 들어왔다. 이사 온 지 며칠 후 나는 수영이, 수진이를 데리고 은행나무를 찾아갔다. 우리 셋이서 안아도 다 안을 수 없는 너무나 큰 나무였다.

"누나, 세상에서 제일 큰 나무야!"

수영이는 은행나무를 올려다보며 소리를 질렀다. 푯말을 보니 영월 엄씨의 시조인 엄인의가 심었다고 적혀 있었다. 수령이 거의 1200여 년이나 되었으며 천연기념물로 지정된 나무라고 하였다. 높이가 36미터, 둘레가 18미터나 되는 동양 최고의 은행나무라고.

"너희들 이 은행나무 처음 보냐? 이 은행나무는 보통 나무가 아니란다. 신령이 깃들여 있는 영험한 나무지. 우리 나라가 일본에 나라를 빼앗긴 한일합방 때와 6·25때는 북쪽 가지가 부러졌단다. 8·15해방 때는 동쪽 나뭇가지가 부러지고. 나라에 슬픈 일이 있을 때나 기쁜 일이 있을 때마다 꼭 그 징조를 미리 나타내 주었던 아주 신비한 나무니라."

은행나무 아래서 장기를 두던 할아버지 한 분이 일러 주셨다.

'천이백 살이나 된 나무!'

나는 고개가 뒤로 젖혀질 만큼 큰 은행나무를 올려다보았다. 그리고 가만히 나무에 얼굴을 대 보았다. 꽃샘추위 속에서도 어쩐지 나무의 온기가 느껴졌다. 난 그 나무를 '은행나무 할아버지'라고 불렀다.

'은행나무 할아버지, 할아버지한테는 신령이 깃들었다지요? 저희, 이제부터 영월에서 살 거예요. 여기서 엄마, 아버지, 동생들이랑 잘 지내게 해 주세요.'

나는 든든한 할아버지 한 분을 마음 속에 모신 기분이었다.

학교를 오가는 길이나 방 문턱에 멍하니 걸터앉아 나는 은행나무 할아버지를 바라보곤 하였다.

하송리에는 은행나무 말고도 내가 좋아하는 게 많았다. 그 중에서도 집 앞에 기찻길이 있어서 참 좋았다.

"칙칙폭폭, 빠아앙!"

기차는 날마다 기적 소리를 길게 울리며 집 앞을 지나갔다. 기차 중에는 하루에 두 번 서울로 가는 것도 있었고, 내가 살았던 황지나 사북, 예미의 탄광에서 캐낸 석탄을 실어 나르는 화물차들도 있었다. 길게 꼬리를 이은 기차가 지나가는 걸 하염없이 바라보며 나도 언젠가 저 기차를 타고 멀리 떠나고 싶다는 꿈을 남몰래 키워 갔다.

그뿐 아니라 하송리에는 기찻길을 건너 조금만 걸어가면 강이 있었다. 동강과 서강이 함께 만나 흘러서 남한강의 물줄기가 되었다는 강은 언제나 햇빛에 반짝였다. 나는 어쩐지 그 강물이 황지연못에서 흘러 내려온 물이라고 믿고 싶었다. 그 물줄기가 숙자네 뒤꼍을 흘러 구비구비 여기까지 온 것이라고.

"여긴 빨래하기 참 좋구나!"

황지의 까만 냇물과는 비교 할 수도 없을 만큼 맑은 강물이었다. 엄마는 맑은 강물이 흐르는 강가에 나가 빨래하기를 좋아했다.

영월 사람들은 모두 강가에 나와 빨래를 하였다. 한쪽에서는 장작불 위에 커다란 드럼통을 올려놓고는 돈을 받고 빨래를 삶아 주었다. 사람들은 푹푹 삶아 낸 빨래를 방망이로 두들겨 빨아서는 자갈밭 위에다 탁탁 털어 널었다. 그리곤 냇가에 앉아 밥도 해 먹고, 목욕도 하고, 이야기꽃을 피우며 빨래가 마르길 기다렸다. 엄마는 황지에서 묻은 까만 탄가루를 씻어 내기라도 하듯 날마다 강에 나가 빨래를 하곤 하였다.

나는 전학을 온 영월 국민 학교에서 가장 멋쟁이신 이동춘 선생님 반이 되었다. 갓 사범 학교를 졸업하고 온 선생님은 엄앵란처럼 예뻤다.

"수희야, 노래 해 봐!"

음악 시간, 선생님은 풍금 앞에 앉아 느닷없이 나에게 노래를 시켰다. 내가 우물쭈물하는 사이, 단발머리에 상큼한 웃음을 띄운 선생님은 예쁜 손으로 풍금을 두드렸다. 선생님이 방금 가르쳐 준 '그 집 앞'의 반주가 흘러나왔다.

"오가며 그 집 앞을 지나노라면
그리워 나도 몰래 발이 머물고……."

나는 그만 얼굴이 빨개졌다. 나는 노래를 못 부르는 음치였기 때문이다.

"호호호, 수휜 노래는 못 하나 보지?"

선생님은 깔깔 웃으셨다. 나는 부끄러움에 고개를 더 푹 숙였다. 하지만 선생님이 나를 놀리는 게 싫지만은 않았다. 언니처럼 따스한 선생님이 너무 좋았으니까.

나는 처음 황지 국민 학교로 전학 갔을 때와는 달리 아이들 하고도 금방 친해졌다.

"수희야, 선생님이 너랑 나랑 시험지 채점하래."

반장인 남은이와 나는 언제나 학교 앞 선생님의 하숙방에서 시험지 채점을 하였다. 선생님의 방에서는 늘 은은한 꽃 냄새가 풍겼다. 나와 남은이는 선생님의 화장대 앞에 앉아 생전 처음 보는 화장품 뚜껑을 열어 보았다. 앙증맞도록 조그만 향수병을 열어서 향기로운 냄새도 맡아 보았다.

"남은아, 나 이 다음에 커서 선생님처럼 살래."

나는 부러움이 가득 담긴 눈으로 말했다. 식구들과 여럿이 쓰는 방이 아닌 내 방, 내 이불, 내 책상, 내 책꽂이, 내 옷장, 뭐든지 나 혼자만 쓸 수 있는 물건이 놓인 방, 그런 꿈 같은 생활을 그리면서.

"나도."

읍내 아카데미 극장 앞에 있는 큰 기와집에 사는 남은이도 덩달아 말했다. 남은이네 집은 컸지만 식구가 많아서 혼자 쓰는 방은 꿈도 꿀 수 없었던 것이었다.

나와 남은이는 선생님의 하숙방에서 시험지 채점을 하는 동안, 마치 동화 나라에 온 아이들처럼 단꿈을 꾸었다.

아버지의 한의원은 황지에서보다는 그런 대로 손님이 많았다. 하지만 이미 젊은 시절의 패기를 잃어버린 아버지는 술 때문에 건강이 엉망이었다. 그러므로 성격은 더욱 거칠어졌다. 어쩌다 우리 집에 와서는 엄마한테 더욱더 나쁘게 굴었다.

그러던 어느 날이었다. 학교에서 돌아오던 나는 수영이와 수진이가 길가 구멍가게 앞에 쭈그려 앉아 훌쩍훌쩍 울고 있는 걸 보았다. 얼굴이 파랗게 질린 채 오들오들 떠는 게 심상찮았다.

"왜 그래? 누가 때렸어?"

나는 동생들 얼굴을 번갈아 보며 다그쳤다. 가끔, 동네 아이들이 아버지 없이 사는 우리를 업신여기는 걸 보았기 때문이다. 수영이가 펌프집 아들이랑 싸울 때도 그랬다.

"애비 없이 자란 녀석이라 할 수 없구만."

펌프집 아줌마는 수영이한테 맞아서 입술이 찢어진 아들을 껴안고는 혀를 찼다.

"아줌마, 그게 무슨 소리예요? 우리도 아버지 있어요. 우리 아버진 영호 아버지처럼 술주정뱅이가 아니라 한의사라구요!"

나는 펌프집 아줌마한테 패악을 부렸다. 펌프집 아저씨는 동네에서 술주정뱅이라고 소문이 난 사람이다. 아줌마가 멀리 하동이나 상동까지 다니며 목이 휘도록 보따리 장사를 해서 먹고 사는데도 날마다 빈둥빈둥 놀며 소주병으로 나팔을 불고 다니는 사람이었다. 딸기코에다 걸음걸이는 늘 비칠거렸다.

"아니, 저, 발칙한 계집애가 못 하는 소리가 없네. 하이고, 첩년이랑 사는 애비도 애비라고 역성드는 것 좀 보소. 효녀 났구먼, 효녀 났어!"

펌프집 아줌마는 아들의 손을 홱 나꿔채 집 안으로 들어갔다.

나는 수영이가 그 때처럼 또 누구한테 몹쓸 소리를 들은 줄 알고 다그쳐 물었다.

"왜 울어? 누가 때렸어, 누나가 혼내 줄게!"

"아, 아버지가……."

수영이는 눈물을 뚝뚝 흘리며 집을 가리켰다.

그 때서야 나는 머리카락이 쭈뼛섰다.

나는 후닥닥 집으로 달려갔다. 내 짐작이 그대로 들어맞았다. 오랜만에 집에 온 아버지는 또 무엇 때문에 심사가 뒤틀렸는지 소리를 고래고래 지르며 엄마를 쥐잡듯 하고 있었다. 이미 부엌 찬장 유리는 박살이 났고 사발이며 양은 그릇도 바닥에 내동댕이쳐져 뒹굴고 있었다.

"그래, 뭐가 불만이야? 응? 나도 이 따위 세상 더 살고 싶지 않다구. 에잇!"

아버지는 계속해서 신들린 사람처럼 살림을 걷어찼다. 엄마의 입술은 터져 있었고, 왼쪽 뺨도 불룩하게 부풀어 있었다.

"아버지, 아버지이!"

나는 아버지한테 달려들어 아버지의 팔에 매달렸다.

"저리 비켜!"

아버지는 한 손으로 나를 휙 밀쳤다. 나는 그대로 방 구석에 나가떨어진 채 아버지를 노려보았다. 가슴에서 부글부글 분노가 치솟았다. 당장이라도 달려들어서 아버지를 때려 주고 싶었다. 그렇지만 내겐 그럴 힘이 없었다. 또 아버지의 난폭한 광기가 무섭기도 했다.

'아, 빨리 어른이 되고 싶다.'

나는 엄마를 구해 주고 싶었다. 문득, 황지에서 우리 식구끼리 살 때가 그리웠다. 그 시절로 돌아가고만 싶었다. 비록 부엌 아줌마 노릇을 할 때였지만 엄마도 그 때가 가장 당당해 보였다. 이렇게 아버지한테 매를 맞는 엄마보다는 부엌 아줌마라도 꿋꿋하게 일하는 엄마가 더 좋았다. 나는 못 견디게 황지가 그리웠고, 인호 오빠가 보고 싶었다. 인호 오빠의 가슴에 얼굴을 묻고 엉엉 울고만 싶었다.

아버지가 시내에 있는 집으로 가 버리고 난 뒤 우리 집은 그야말로 폐허였다. 찬장의 그릇은 다 깨지고, 엄마는 피를 흘리고, 동생들은 자지러지게 울고…….

"쯧쯧, 의원이라는 사람이 어째 저리도 포악할꼬."

주인집 할머니는 혀를 찼다.

나는 부끄러웠다. 싸움 구경을 하러 나온 동네 아이들 보기도 창피했고, 이웃 사람들 보기도 낯뜨거웠다.

"흑흑……."

나는 쭈그려 앉아 울고 또 울 뿐이었다.

엄마는 아버지가 한바탕 난리를 부리고 떠난 뒤 말없이 깨진 그릇이며 유리를 치웠다. 그리곤 나와 수영이가 쓰다 버린 색종이를 찾아서 마치 아무 일도 없었다는 듯이 색종이꽃을 오렸다. 엄마는 오려 낸 색종이꽃을 깨진 찬장 유리, 유리창, 거울에 알록달록 붙였다. 뜻하지 않게 집안에 온통 색종이꽃이 활짝 피어난 것이다.

나는 그 색종이꽃을 보자 더욱 가슴이 아팠다. 엄마의 슬픔이 꽃으로 피어난 것 같았다.

그럴 때마다 나는 기적 소리를 울리며 달려가는 기차 소리를 듣고 남몰래 꿈을 키웠다.

'아, 나도 저 기차를 타고 어디론가 가 버렸으면. 아버지가 없는 곳으로.'

나는 길갓집 방문턱에 앉아서 기차 꽁무니가 보이지 않을 때까지 하염없이 한 곳을 바라보고 있었다.

12

나는 그 날 이후 혼자 강가로 나가는 버릇이 생겼다. 자갈밭에 쭈그리고 앉아 하염없이 강물을 바라보았다. 강물도 사람처럼 표정을 지을 줄 알았다. 이른 아침의 강물은 갓 세수를 한 것처럼 눈이 부시고 맑았다. 하지만 저물녘의 강물은 늘 내 마음처럼 슬펐다. 노을에 물든 강물도, 어두워져 갈 때쯤의 청록빛 강물도 다 그랬다.

나는 자갈밭에 누워 흘러가는 강물 소리를 듣기도 하고, 오므렸던 꽃잎을 천천히 펼치고 있는 달맞이꽃을 보았다. 그러노라면 눈물이 뺨을 타고 주르르 흘렀다. 얼마 전 동강다리에서 자살을 했다는 한 아저씨처럼 강물에 풍덩 뛰어들어 죽고만 싶었다. 하지만 얇은 비닐을 덮은 채 자갈밭에 누워 있던 시체를 떠올리자 저절로 몸이 떨렸다. 지나다가 얼핏 보았지만 너무 끔찍했다. 적어도 나는 몸이 퉁퉁 부어 오른 채 자갈밭에 누워 있고 싶지는 않았다.

나는 무릎에 얼굴을 묻은 채 숨죽여 울었다.

그 때 누군가 내 어깨를 가만히 감싸 안았다. 나는 흠칫 놀라 고개를 들었다. 과수원집 문간방에 세들어 살고 있는 서울 아줌마였다. 남편이 영월 전매청으로 전근을 오자 같이 따라왔다는 아줌마였다.

"아, 아줌마."

나는 울고 있는 걸 들켜서 부끄러웠다.

"수희야, 며칠 전 시장에 다녀오다가 다 봤어. 너희 아버지가……."

아줌마는 말끝을 흐렸다. 나는 얼굴이 빨개졌다. 엄마를 때리고 살림을 부수던 아버지를 다 보았던 것이다.

"수희야, 너무 슬퍼하지 마. 어른들은 그렇게 싸우며 사는 거란다. 살아가면서 쌓이는 울분을 그렇게 가까운 사람에게 퍼붓는 거야. 꼭 엄마가 미워서가 아니라 자꾸 일이 꼬이고, 뭔가 뜻대로 안 되니까 그래. 그런 사람일수록 사실은 마음이 약한 법이란다. 잘해 주고 싶은데, 그게 마음대로 안 되니까 되레 엇나가는 거야, 알겠니?"

서울 아줌마는 내 어깨를 꼭 감싸 주었다. 그러자 저절로 내 얼굴이 아줌마의 가슴에 닿았다. 아줌마한테서는 향긋한 분 냄새가 났다. 어쩌면 코티분 냄새일지도 몰랐다. 천안 시절, 아버지가 오시는 날이면 엄마는 화장대 서랍에 들었던 코티분을 몰래 바르곤 했었다.

오랜만에 낯익은 향기를 맡자 나는 한꺼번에 서러움이 몰려왔다. 가슴께에 꼭꼭 맺혀 있던 서러움이 자꾸자꾸 흘러 넘쳤다.

“그래, 실컷 울어. 네 마음이 풀릴 때까지. 네 친구가 되어줄 테니.”

아줌마는 나를 더욱 꼬옥 안아 주었다. 그렇게 한참을 울던 나는 서울 아줌마의 손을 잡고, 철길 건너 우리 집으로 왔다. 어쩐지 나는 친한 친구 한 명을 얻은 기분이었다.

하지만 동네 아줌마들은 서울 아줌마를 괜히 희떱게 생각했다.

“서울내기들은 저래서 남편한테 사랑을 받는갑다. 집에 있으면서도 저렇게 곱게 화장을 하고, 잠자리 날개같은 옷도 입고 다니고.”

서울 아줌마가 가게에 뭘 사러 나오는 걸 보기만 하면 동네 아줌마들은 수군수군거렸다. 그건 괜한 시새움이었다. 아줌마가 아저씨 손을 꼭 잡고 영화 구경을 다녀오거나 강가로 산책을 나가는 걸 보았기 때문일 것이다.

"우째 아이는 없는가 보데? 둘이서 소꿉장난 하듯 사는 걸 보면?"

"아이를 못 낳는 여잔가?"

동네 아줌마들은 서울 아줌마가 자기네들과 어울리려 하지도 않자 더욱 아니꼽게만 보았다. 서울 아줌마가 도도하게 굴면 굴수록 동네 아줌마들은 더욱 입방아를 찧어 댔다.

"수희야!"

다음 날 가게에서 나오다 우연히 마주친 아줌마가 반갑게 아는 체를 하였다.

"아줌마!"

나도 친한 친구를 만난 것처럼 반가웠다.

"수희야, 우리 집에 갈래?"

"정말요?"

나는 소꿉살림처럼 해 놓고 산다는 서울 아줌마 방에 가자는 말에 저절로 신이 났다.

"들어 와."

서울 아줌마 방은 새색시 방 같았다. 조그만 자개장롱이며 앉은뱅이 화장대도 있고 벽에는 자잘한 꽃수가 놓인 횃댓보가 걸려 있었다.

"수희야, 너 커피 마셔 봤니? 못 마셔 봤지? 나, 지금 커피 마시려던 중이란다. 과자가 다 떨어져서 가게에서 지금 마악 사 오는 길이야. 너도 한 잔 타 줄게."

아줌마는 정말 소꿉장난을 하는 듯 했다. 전기 곤로에다 주전자를 올려놓고는 물을 팔팔 끓였다. 조그만 찬장에서 커피잔이며 설탕통도 꺼내고 연유도 꺼냈다.

"자, 마셔 봐. 어서."

아줌마는 설탕과 연유를 넣은 커피잔을 내게 건네 주었다. 나는 한약처럼 생긴 커피를 한 모금 마셨다.

"우웩! 너무 써요."

나는 입맛을 다시며 커피잔을 내려놓았다.

"그래? 그럼, 이리 주렴. 설탕이랑 연유를 더 넣어 줄게."

아줌마는 다시 설탕과 연유를 듬뿍 넣어 주었다.

나는 조심조심 한 모금을 마셨다. 아, 너무 맛있었다. 달콤하고 부드럽고, 그러면서도 쌉싸래한 맛이 느껴졌다. 이 묘한 맛 때문에 어른들이 다방에서 커피를 마시나 보다 하는 생각도 들었다. 아줌마는 맛있는 과자도 앙증맞은 접시에 담아 내놓았다. 겨우 찬물에다 사카린이나 당원을 타 먹는 게 고작이었던 나는 진짜 설탕에 연유를

넣은 커피를 홀짝홀짝 잘도 마셨다.

"아줌마, 아기는요?"

나는 동네 아줌마들이 수군대는 걸 떠올리며 물었다.

"아직 없단다. 하지만 예쁜 아기를 낳고 싶구나. 그것도 아들이 아닌 예쁜 딸을 낳아서 곱게 잘 키워 보고 싶어. 나처럼 말고……."

아줌마는 씁쓸하게 웃었다. 나는 고개를 갸우뚱하였다. 이렇게 소꿉장난하듯 잘 살고 있는 아줌마가 그런 말을 한다는 게 믿어지지 않았다. 게다가 다른 사람들은 다 아들을 낳고 싶어 야단인데 딸을 낳고 싶다니.

"수희야, 어서 먹어."

아줌마는 얼른 이야기를 딴 데로 돌리려는 듯 과자 접시를 내 앞으로 내밀었다.

그 날 이후 아줌마와 나는 점점 친해졌다. 아줌마는 내 머리를 곱게 빗겨 주고, 나를 데리고 강으로 산책을 나가 들꽃을 꺾어다 꽃병에 꽂기도 했다. 그리고 가끔은 시내 만미당으로 데려 가서 팥빙수며 아이스케키, 곰보빵, 단팥빵 같은 걸 사 줬다. 나는 마치 아줌마 딸이 된 기분이었다.

"수희야, 너는 엄마보다 서울 아줌마가 더 좋으니?"

어느 날 엄마는 밥상머리에서 물었다. 만미당에서 빵을 잔뜩 먹고는 밥을 깨작깨작거리고 있을 때였다.

"아, 아니야."

나는 얼른 고개를 저었다. 하지만 속마음은 달랐다. 솔직히 서울 아줌마가 엄마라면 얼마나 좋을까 하는 생각을 한 적이 많았다. 서울 아줌마라면 절대로 남편을 다른 여자한테 뺏기지 않을 테고, 아는 것도 많은 신식 엄마일 테니까.

"아니긴 뭐가 아니야, 네 얼굴에 다 써 있는데. 하지만 너무 마음을 다 주진 말아라. 아줌마는 언제고 서울로 갈 텐데 괜히 너만 상처 받는다."

엄마는 밥을 쓱쓱 비비며 말했다.

"엄마, 진짜야? 서울 아줌마가 도로 서울로 간단 말이야?"

나는 깜짝 놀라 물었다.

"그럼, 전매청에서 아저씨를 다시 서울로 발령 내면 가야지."

"……."

나는 온몸에서 힘이 쑤욱 빠졌다. 서울 아줌마하고도 언젠가 헤어져야 하다니, 천안의 이종 사촌들이며 친구들, 그리고 황지에 두고 온 인호 오빠처럼 헤어져야 할 때가 오다니. 그 날 밤 나는 잠을 이룰 수가 없었다.

다음 날 학교에서 돌아온 나는 쏜살같이 아줌마를 찾아갔다.

"어머, 수희야, 어서 들어오렴."

아줌마는 반갑게 나를 맞아 주었다.

"아줌마……, 서울 안 가면 안 돼요, 네?"

"그게 무슨 뚱딴지 같은 소리니?"

"엄마가 그러는데 아줌마는 언젠가 영월을 떠날 거래요. 아저씨가 다시 서울로 가시면……."

"호호호, 난 또 무슨 소리라구. 수희야, 그럴 일은 없단다. 난 여기가 좋은걸, 아저씨도 그랬어. 복잡한 서울보다 여기가 좋다구. 그래서 여기서 아기도 낳고 오래오래 행복하게 살자구 했단다. 그러니 마음 놓으렴."

아줌마는 활짝 웃었다. 나는 그제서야 안심이 되었다.

"수희야, 배고프지? 내가 달걀 부쳐 줄게."

아줌마는 또 조그만 전기 곤로를 켜고 프라이팬을 올려놓았다. 그리고 노른자위가 깨지지 않도록 정성껏 달걀을 부쳐 줬다. 나는 모이를 받아 먹는 병아리처럼 서울 아줌마가 해 준 달걀부침을 맛있게 먹었다.

그러던 어느 날, 학교에서 막 돌아왔을 때였다.

갑자기 과수원집 마당에 사람들이 몰려 서서 웅성거리고 있는 게 보였다.

"아휴, 내 그럴 줄 알았다니까!"

"그래, 본처 몰래 감쪽같이 살림을 차렸단 말이지?"

"다방에서 굴러 먹던 년이래. 어쩐지 얼굴이 반반하다 했더니, 에잇!"

아줌마들이 한 마디씩 주고받았다. 나는 동네 아줌마들이 그처럼 심한 욕을 퍼붓는 사람이 '서울 아줌마'임을 금방 알아차렸다. 갑자기 가슴이 덜컥 내려앉았다. 나는 사람들을 헤치고 부리나케 과수원집 문간방으로 달려갔다.

"어쩜."

소꿉그릇 같던 살림살이들이 몽땅 마당에 다 내팽개쳐져 있었다. 설탕통에 든 설탕도 하얗게 쏟아져 있었다. 화장대와 장롱도 다 부서지고, 꽃수가 놓인 횃댓보도 흙바닥에 뒹굴고 있었다.

"네 이년! 남의 서방을 뺏어다가 살림을 차려? 그래, 본마누라가 이렇게 시퍼렇게 살아 있는데 남의 남편을 차지하고 살아? 어디, 너 내 손에 죽어 봐라!"

뚱뚱한 아줌마가 서울 아줌마의 긴 머리채를 왁살스럽게 움켜 쥐곤 이리저리 끌고 다녔다. 그래도 분이 안 풀리는지 주먹질, 발길질을 해 댔다. 서울 아줌마의 곱던 머리는 헝클어질 대로 헝클어지고 얼굴엔 온통 피멍이 들고 코피가 줄줄 흘렀지만 아무도 말릴 엄두를 내지 못했다. 어쩌면 동네 아줌마들은 속으로 고것 참 깨소금이다, 하며 고소해하고 있는지도 몰랐다. 자기네들은 남편과 늘 데면데면 사는데, 서울 아줌마만 남편의 사랑을 듬뿍 받으며 사는 게 늘 배가 아팠을 테니까.

하긴 나도 분했다. 눈물조차 나오지 않았다. 서울 아줌마가 남의 남편을 빼앗고 몰래 살림을 차린 여자라니! 나는 깜박 속은 것이다. 아줌마가 그렇게 나쁜 여자인 줄도 모르고, 아줌마가 타 준 달콤하고 부드러운 커피를 마신 것이다. 나는 그만 구역질이 났다. 아줌마가 사 주었던 만미당 팥빙수며 아이스케키를 될 수만 있으면 다 토해 내고 싶었다. 저런 더러운 아줌마가 내 머리를 빗겨 주고, 나를 가슴에 안아 주었다고 생각하니 저절로 소름이 돋았다.

'어쩜! 거짓말쟁이, 나쁜 사람!'

나는 마당에 쓰러져 있던 아줌마를 한껏 노려보았다. 서울 아줌마는 아주 슬픈 눈으로 나를 쳐다보았다.

그런 중에도 뚱뚱보 아줌마는 서울 아줌마를 마구 짓밟았다. 그러다가 과수원집 할머니가 달려들어 말리자 못 이기는 척 제풀에 물러섰다.

"네 이년, 또 한 번만 내 눈앞에 나타나기만 해 봐라!"

뚱뚱보 아줌마는 그제서야 분이 풀리는지 휭 돌아섰다.

"어서들 저리 가요, 가! 뭐, 구경거리 생겼다구 야단이우, 어서들 가요!"

과수원집 할머니가 사람들을 훠훠 내쫓았다. 그리곤 서울 아줌마를 부축하여 안으로 들어갔다. 나는 사람들이 다 돌아가고 난 뒤에도 그 자리를 떠날 수가 없었다. 너무 분한 나머지 흙투성이가 된 채 마당에 떨어져 있는 횃댓보를 신발로 잘근잘근 밟았다.

그 후, 난 아줌마를 볼 수가 없었다.

"그 날 밤에 남편이 와서 어디론가 데리고 갔대나 봐요."

"그게 아니래. 과수원 댁이 미음을 끓여서 들어가 보았더니 벌써 집을 나가고 없었다는걸. 쯧쯧, 그렇게 만신창이가 된 몸을 끌고 어디로 갔는지. 그저 남의 눈에 피눈물 나게 하면 언젠가 자기도 그 꼴이 되는 거지."

"서울 답십리가 집이랬는데 거기로 갔나 모르겠네요.

그래도 마음씨는 착해 보였는데……, 그저 어디 가서 좋은 남자 만나 잘 살았으면 좋겠어요."

엄마와 주인 할머니가 나직나직 주고받는 이야기를 들었다. 자꾸만 마당에 쓰러진 채 나를 쳐다보던 아줌마의 슬픈 눈빛과 딸을 낳으면 곱게 키우고 싶다던 말이 떠올랐다.

'바보 아줌마, 그렇게 이쁘면서 왜 하필 남의 아저씨랑 살았어?'

그제서야 눈물이 주르르 흘렀다. 서울 아줌마에 대한 그리움 때문이 아니라 나로선 도무지 이해할 수 없는 사람에 대한 실망과 안타까움이 나를 슬프게 한 것이다. 나는 이제 아무도 믿고 싶지 않았다. 서울 아줌마는 내게 사람한테는 진짜 얼굴과 가짜 얼굴 두 개가 있다는 걸 알려 주고 떠났다. 나는 깊이를 알 수 없는 깊은 강물에 빠진 듯 사람이 두려웠다. 아줌마는 내게 달콤함뿐 아니라 지독히 쓴 맛까지 보여 주고 떠난 것이다.

13

서울 아줌마의 일로 나는 달라졌다. 어쩐지 모든 게 다 시들했다. 옛날에는 아버지한테 잘 보이고 싶어서 공부도 열심히 했었다. 선생님 말씀도 잘 듣고 착한 아이라는 소리도 듣고 싶었다. 하지만 다 소용 없는 일이었다. 나는 자꾸 비뚤어지고 싶었다.

나는 그 즈음 공부보다는 영화 구경에 더 재미를 붙였다. 같은 반 친구 중에 '엄은미'라는 아이가 있었다. 영월에는 유난히 엄씨가 많았다.

"청령포에 귀양 와 있던 단종이 영월 관풍헌에서 사약을 받고 돌아가시자 관가에서 그 시신을 서강에 내다 버렸대. 그리고 누구든지 그 시신에 손을 대면 삼 족을

멸한다고 하자 아무도 시신을 거둬 주는 사람들이 없었어. 그런데 영월 호장 엄흥도가 자기 어머니를 위하여 준비해 놓았던 관에다 단종의 시신을 거둔 후에 아들 삼형제와 함께 산 속으로 갔다는 거야. 그 때가 추운 겨울이었는데 마침 언덕 위 소나무 밑에 숨어 있던 노루 한 마리가 사람들의 인기척에 놀라 달아나길래 가 보았더니 그 자리에만 눈이 녹아 있었대잖아. 엄흥도는 바로 그 자리에 시신을 고이고이 묻어 드렸댄다. 그 곳이 바로 장릉이야. 너도 가 봤지? 그 주변의 소나무들이 모두 장릉을 향하여 공손히 절을 올리고 있는 듯 굽어 있는 거 말이야. 어쨌든 영월 엄씨들은 충신 엄흥도 덕분에 오래도록 영월에서 존경을 받게 되었지. 으흠, 바로 우리 조상이야."

은미가 자랑스런 얼굴로 들려 준 이야기였다.

은미는 얼굴이 예쁘지는 않았지만 성격이 시원시원하고 정이 많아서 주위에 친구들이 많았다. 난 그런 은미와 친해졌다.

"수희야, 우리 영화 구경 갈래?"

어느 날 은미가 내게 말했다.

"나, 돈 없는데?"

"염려 마. 나한테 있어."

은미는 주머니에서 돈을 꺼내 보이며 씨익 웃었다. 남자 아이처럼 어깨를 으쓱으쓱거리면서.

은미 엄마, 아버지는 늦둥이로 간신히 낳은 은미를 끔찍이 귀여워 해 주었다. 직장도 안 다니고 물려받은 재산으로 산다는 은미 아버지는 날마다 사냥을 나가서 꿩을 잡아 왔다. 그래서 은미네 집에는 늘 꿩만두가 끊이지 않았다. 나는 은미 덕분에 난생 처음 닭고기처럼 구수하고 맛있는 꿩만두국을 먹기도 하였다.

"그런데 수희야, 덕포극장이야. 그래도 괜찮지?"

"뭐? 덕포극장?"

내 눈이 휘둥그레졌다. 덕포는 영월 읍내를 지나 동강다리 건너편에 있는 마을이다. 그 옛날, 정선 아우라지를 거쳐 수미, 두룬이, 가수리, 거북이, 섭새 같은 아름다운 강마을을 돌고 돌아 어라연을 지나온 뗏목꾼들이 잠시 들러 목을 축이던 덕포나루가 있던 곳이라고 하였다. 그 덕포 쪽으로 가려면 동강다리를 건너야 하는데, 바로 그 길목에 아버지의 한의원이 떡 버티고 있었다. 지나다니다가 아버지의 눈에 얼마든지 띌 만한 곳이었다. 하지만 난 하나도 무섭지 않았다. 자꾸만 빗나가고 싶고, 어떻게든 아버지를 속상하게 해 주고 싶었으니까.

'치, 걸려도 좋아.'

나는 은미와 함께 씩씩하게 동강다리 쪽으로 갔다. 아버지가 볼 테면 보라며 서울 한의원을 쳐다보았지만 불빛만 보일 뿐이었다.

영화는 '맨발의 청춘'이었다.

"우리 아버지가 그러는데 서울 아카데미 극장에서 이 영화가 개봉하는 첫날부터 사람들이 엄청 몰려들었대. 신성일이랑 엄앵란이 나오는 영화야. 참 트위스트 김도 나온대!"

은미는 벌써 '맨발의 청춘'에 대한 소문을 다 듣고 있었던 것이다. 하긴 나도 라디오에서 최희준이 부르는 주제가도 들어 보았고, 하얀 털목도리를 두른 엄앵란이 슬픈 표정으로 찍혀 있던 영화 포스터도 길거리에서 봤었다.

나와 은미는 쭈뼛쭈뼛 영화관 안으로 들어갔다. 그리곤 숨을 죽인 채 영화가 시작되기를 기다렸다. 나는 영화를 볼 때의 이런 분위기가 너무나 좋았다. 캄캄한 극장 안에 앉아서 숨을 죽이며 화면을 바라보면, 그 안에는 내가 겪어 보지 않은 또 다른 세상이 펼쳐져 있기 때문이다.

영화는 너무 슬펐다. 마음씨 착한 깡패인 신성일과 외교관 딸인 엄앵란은 서로 사랑하는 사이이다. 그러나 엄앵란의 집에서 두 사람의 만남을 반대하였다. 나는 엄앵란과 신성일이 창틀 십자가를 사이에 두고 서로 열렬하게 입을 맞추는 장면을 보자 나도 모르게 얼굴이 빨개졌다.

며칠 전이었다. 옆집 언니가 주인집 막내아들인 꺼벙이 아저씨의 여자 친구가 놀러 왔다며 호들갑을 떨었다.

"어떻게 생겼는데?"

"응, 영화배우같이 아주 예뻐."

"그게 정말이야?"

나는 매일 방구석에 틀어박혀 아나운서 흉내만 내는 꺼벙이 아저씨가 예쁜 여자 친구를 사귄다는 게 도무지 믿어지지 않았다. 장차 아나운서가 되는 게 꿈인 꺼벙이 아저씨는 날마다 라디오를 켜 놓고 아나운서 흉내를 내는 게 일이었다.

"……정부는 비상계엄하의 경제 질서 확립을 위해 지난 사일의 경제 각의를 통해 경제 시책에 대한 공동 담화문을 발표하였……."

나는 우리 집 들창문을 통해 들려 오는 꺼벙이 아저씨의 아나운서 흉내 때문에 날마다 새로운 뉴스와 소식을 들을 수 있었다.

나는 그런 꺼벙이 아저씨의 여자 친구가 어떻게 생겼

는지 궁금하기만 했다. 하지만 꺼벙이 아저씨와 여자 친구는 방에 콕 틀어박힌 채 좀처럼 밖으로 나오지 않았다.

"나, 저 들창으로 좀 들여다볼래."

나는 잔뜩 깨금발을 하고는 꺼벙이 아저씨 방을 들여다보았다.

'앗!'

난 그만 숨이 멎을 것만 같았다. 꺼벙이 아저씨와 여자 친구가 꼭 껴안고 입을 맞추고 있는 게 아닌가?

난 마치 말뚝에 박힌 듯 꼼짝할 수가 없었다. 난생 처음 여자와 남자가 입 맞추는 걸 보았기 때문이었다. 무엇이라고 꼭 꼬집어 말할 수 없는 기분이었다. 괜히 뺨이 발갛게 달아오르고 가슴이 두근두근거렸다.

"수희야, 뭐 해? 빨리 내려와."

옆집 언니가 불렀지만 나는 눈을 뗄 수가 없었다. 그때였다. 꺼벙이 아저씨와 내 눈이 딱 마주치고 말았다.

"엄마야!"

나는 후닥닥 도망을 쳤다.

"왜 그래, 응? 왜 그래?"

옆집 언니가 다그쳐 물었다. 하지만 나는 대답할 수가 없었다. 그 후, 어쩌다 꺼벙이 아저씨를 보면 나는 무조건 줄행랑을 쳤다. 까닭 없이 얼굴이 빨개지고 가슴이 와

랑와랑 떨렸기 때문이다. 그런데 신성일과 엄앵란이 입맞추는 걸 보자 꺼벙이 아저씨와 여자 친구가 떠올라 저절로 얼굴이 빨개졌다. 하지만 영화는 너무나 슬펐다. 집안의 반대로 사랑을 이루지 못하게 된 두 사람은 죽음으로서 사랑을 맺고자 하였다.

끝 장면에서, 신성일의 시체가 달구지에 실려 갈 때였다. 하얀 덮개 밖으로 쑥 삐져 나온 맨발을 보자 나는 저절로 눈물이 나왔다. 외교관 딸인 엄앵란이 온 가족의 슬픔 속에서 꽃으로 뒤덮인 채 장례를 치루는 것과는 너무나 대조적이었다. 나는 사랑하는 사람을 만나지 못하게 한 엄앵란의 부모가 미웠다. 애처롭게 삐져 나온 신성일의 맨발을 보며 영화 제목이 왜 '맨발의 청춘'인지도 알 것 같았다. 아무것도 가진 것 없는 가난한 청춘, 가엾은 청춘이라는 뜻이 아닐까?

그 후에도 나는 틈만 나면 은미를 따라 동강다리를 건넜다. 읍내 아카데미 극장은 선생님들한테 들킬지도 모르니까 멀리 덕포까지 가는 것이었다.

그러던 어느 날이었다.

"수희야, 우리 영화 보러 가자! 오늘부터 '떠날 때는 말없이' 한대."

"정말?"

나는 벌써부터 가슴이 설레었다. 신성일과 엄앵란이 나오는 예고편을 이미 봤던 터라 생각만 해도 즐거웠다.

"그래, 가자."

나는 학교가 끝나기가 무섭게 책가방을 집에다 팽개치고 은미를 만났다.

은미는 우선 나를 빵집에 데려가서는 만두랑 찐빵을 사 주었다. 나는 부자 친구 덕에 매일매일 맛있는 만두와 찐빵을 먹었다. 그리고 영화 구경까지.

영화는 생각보다 슬펐다.

영화가 끝나자 나와 은미는 극장을 나왔다. 어느새 밖은 캄캄해져 있었다. 그 때였다. 갑자기 누군가가 내 이름을 크게 불렀다.

"수희야!"

그건 바로 아버지의 목소리였다. 왕진 가방을 든 아버지를 덕포극장 앞에서 딱 마주친 것이다.

"너, 극장 구경 갔었니?"

아버지는 다짜고짜 다그쳐 물었다.

"……."

나는 미처 마땅히 둘러댈 말을 찾지 못했다.

"아버지 집에 가 있거라!"

아버지는 두말 않고 왕진 가방을 든 채 빠른 걸음으

로 어디론가 가 버렸다.

"수희야, 어떡하니, 응? 어떡해?"

은미가 더 놀라서 발을 동동 굴렀다. 내가 아버지를 무서워하는 걸 잘 알고 있기 때문이다. 하지만 나는 오히려 마음이 차분해졌다. 드디어 내가 말 잘 듣는 모범생 딸이 아니라 몰래 영화를 보러 다니는 불량한 딸이라는 걸 보여 줄 수 있다는 게 속으로 기쁘기까지 했다.

나는 천천히 아버지의 집으로 갔다.

"아니, 이 밤중에 수희가 웬일이니? 응?"

그 쪽 엄마는 눈이 휘둥그레졌다.

나는 아무 말도 하지 않았다.

"수희야, 왜 그래?"

수철이랑 그 쪽 동생들도 어리둥절한 얼굴로 나를 보았다. 하지만 난 벙어리처럼 입을 꾹 다물었다.

한참 후 집에 온 아버지는 다짜고짜 어디선가 회초리를 꺼내 왔다.

"세상에, 머리에 피도 안 마른 게 영화 구경을 댕겨? 응? 어디, 오늘 애비한테 한번 맞아 봐라! 어서 종아리 걷어. 에잇!"

"……."

나는 입술을 꼬옥 깨물었다. 종아리가 떨어져 나갈 듯

이 따갑고 아팠지만 신음 소리조차 내지 않았다. 내가 비명을 지르면 아버지한테 지는 것과 마찬가지니까.

내가 이를 앙다물고 아픔을 참고 있자 아버지는 자꾸자꾸 회초리질을 했다. 그러자 그 쪽 엄마가 달려와서 타일렀다.

"수희야, 어서 잘못했다고 그래. 어서!"

하지만 나는 그 말을 하지 않았다. 종아리가 떨어져 나갈 듯 아팠지만 아버지를 괴롭히고 있다는 게 한편으론 고소하기만 했다. 내가 그렇게 저승사자처럼 버티고 서 있자 아버지는 더욱더 세게 때렸다. 그러다가 회초리를 내던지며 제풀에 소리를 질렀다.

"계집애가 저렇게 고집이 세서야, 원!"

아버지는 안경을 치켜올리며 휙 진찰실로 나갔다.

그 날 이후 나는 오래도록 아버지 얼굴을 피했다.

14

아버지한테 들키고 나자 영화 구경도 시들해졌다. 그 대신 새로운 재미에 푹 빠졌다. 나는 여름 방학이 되자 친구들이랑 산으로 들로 강으로 쏘다니며 놀았다. 그 중에서도 청령포에 가는 게 제일 좋았다.

단종 임금이 귀양살이를 했다는 그 곳은 섬이 아닌데도 마치 섬처럼 보였다. 삼면이 강으로 둘러싸이고 한쪽은 깎아지른 낭떠러지였으니 도망 갈래야 갈 수가 없는 곳이었다.

나는 넓고 화려한 궁궐에서 수많은 궁녀들의 시중을 받으며 곱게 지내던 단종이 그 당시 겨우 인구 700명 밖에 안 되는 두메산골, 거기서도 이처럼 외떨어진 청령포로 혼자 귀양을 와 울며 지냈을 걸 생각하니 마음이 아팠다. 나는 식구들이랑 다 함께 강원도로 왔어도 그렇게 슬펐는데 말이다.

청령포에는 단종에 대한 유적이 많았다. 단종이 유배 생활을 할 때 소나무 가지에 걸터앉아 울부짖는 걸 직접 보고 들었다는 '관음송'이라는 소나무와 다른 사람들이 드나드는 걸 금지한 '금표비'가 있었다.

나는 절벽 끝에 있는 '망향탑'이라는 돌탑에도 가 보았다. 단종이 왕비인 송씨와 한양을 그리워하며 쌓았다는 돌탑이다. 나는 숲에서 돌멩이 한 개를 주워 가만히 그 위에 올려놓았다. 마치 어린 단종 임금의 마음을 다 안다는 듯이.

청령포에는 넓은 풀밭이며 소나무 숲과 깨끗한 자갈밭이 펼쳐져 있었다. 아이들은 자갈밭에다 겉옷을 벗어 놓고는 팬티와 러닝 셔츠만 입은 채 한 손에는 주전자를 들고 물 속으로 첨벙첨벙 들어갔다.

눈물이 날만큼 맑은 물 속을 가만히 들여다보면 바닥에 삐뚤삐뚤 지렁이가 기어간 듯한 실금이 그려져 있다. 그 금을 가만히 따라가서 모래를 꽉 움켜 쥐면 영락없이 다슬기가 손에 잡혔다.

"우와, 신난다!"

나는 주전자에 정신없이 다슬기를 잡아 넣었다.

아이들은 자갈을 부뚜막처럼 쌓아 놓고는 마른 솔가지며 솔잎을 주워다 불을 지폈다. 그리곤 그 위에 주전자를 올려놓고 다슬기를 삶았다.

주전자 뚜껑이 저절로 들썩들썩 어깨춤을 추면 다슬기가 다 삶아진 것이다. 자갈밭에 빙 둘러앉아 갓 삶은 다슬기 꽁지를 어금니로 뚝 떼 내고 주둥이를 쪽쪽 빨면 구수하고 쌉싸래한 알맹이가 입 안으로 쏙 들어왔다. 우리는 다슬기 똥 때문에 입술이 파래질 때까지 먹고 또 먹었다. 그러다 보면 어느새 물이 뚝뚝 흐르던 옷도 다 말라 있었다.

한여름, 아이들이 먹을 건 그야말로 지천이었다.

"우리 개구리 잡아먹자!"

이번에 아이들은 신발짝을 벗어 든 채 풀숲으로 올라간다. 막대기로 풀숲을 헤치면 여기저기서 청개구리가 풀쩍풀쩍 뛰어나온다.

"이얍!"

아이들은 신발짝으로 청개구리를 후려치며 기압을 넣었다. 그러면 불쌍한 개구리들은 영락없이 기절한 것처럼 쫙쫙 뻗었다.

"수희야, 너도 먹어 봐."

아이들은 모닥불에다 개구리들을 구워 맛있게 먹었지만 개구리들이 불쌍해서 차마 먹을 수가 없었다.

그렇게 청령포 강가에서 다슬기도 잡고 개구리를 구워 먹던 아이들은 해가 어스름해지면 슬슬 일어났다.

콧노래를 부르며 돌아오는 길엔 또 과수원이 있었다. 과수원에는 잘 익은 자두밭이며 복숭아밭이 있었다. 우리는 과수원에 들어가 주인 몰래 자두며 복숭아를 따서는 옷으로 쓱쓱 닦아서 베어 먹었다. 황지에서는 고랭지 배추나 무, 감자, 옥수수, 귀리, 메밀밭이 고작이었다. 그래서 잘 여문 수숫대나 옥수수를 구워 먹는 게 일이었다. 하지만 영월은 과수원도 많고 밭작물도 풍성해 황지보다 먹을 게 훨씬 더 많았다.

나는 친구들을 따라다니며 즐거운 여름 방학을 보냈다.

시간이 흘러 여름 방학도 거의 끝나갈 무렵이었다. 친구들과 쏘다니며 놀다가 집에 돌아온 나는 깜짝 놀랐다. 집에 손님이 와 있는 게 아닌가? 우리 집에 손님이 오는 건 참 드문 일이다. 우리가 강원도로 이사를 온 이후 천안의 친척들은 한 번도 우리 집에 오지 않았다.

"오라, 네가 수희로구나. 네 작은아버지한테 얘기 많이 들었다."

얼굴이 유난히 흰 아저씨가 아는 체를 했다. 그리고 그 옆에는 허리가 거의 기역자로 굽은 꼬부랑 할머니 한 분이 있었다.

"인사해라. 작은아버지 친구분인데 영월에서 살려고 오셨댄다."

"안녕하세요."

나는 꾸벅 인사를 했다. 하지만 기분이 묘했다. 그 아저씨는 분칠을 한 여자처럼 얼굴에 핏기 하나 없었다. 마치 약장수를 따라다니며 '춘향전'이나 '심청전'을 하던 유랑극단의 배우처럼 보였다. 그 이상한 아저씨와 꼬부랑 할머니는 우리 집 건너편에 방 한 칸을 얻었다.

며칠 후 나는 마당에 나와 앉은 그 아저씨를 보았다. 늦더위가 한창이건만 아저씨는 두꺼운 옷을 입고 있었다. 그런데도 어딘가 추워 보였다.

아저씨가 먼저 울타리 너머로 아는 체를 했다.

"학교 갔다 오니? 이리 오너라."

나는 쭈뼛쭈뼛 아저씨 옆으로 갔다. 아저씨 등 뒤로 방문이 열려 있었다. 힐끗 방 안을 훔쳐보던 나는 깜짝 놀랐다. 살림이라곤 달랑 이불 한 채와 고리짝 한 개가 전부인데 책꽂이에 책이 가득 꽂혀 있는 것이었다.

내 눈길을 느꼈는지 아저씨는 겸연쩍게 웃었다.

"한 때 작가가 되고 싶었단다. 하도 손때가 묻은 거라 버릴 수가 없었다."

나는 소스라쳐 놀랐다. 한동안 잊고 지냈던 '작가'라는 말이 아저씨 입에서 나오는 순간 너무나 반가웠다.

"아저씨도 작가가 되고 싶었어요?"

"그래. 소설가가 되는 게 꿈이었단다. 어디, 들어가 보련? 네가 읽을 만한 책이 있으려나 모르겠다."

나는 아저씨를 따라 방으로 들어갔다. 갑자기 환한 데서 어두운 데로 가니 눈앞이 캄캄했다. 한참 후에야 낡은 책이 가득 꽂힌 책꽂이가 보였다. 한 번도 들어 본 적이 없는 책들이었다. 이광수의 「사랑」, 김동인의 「젊은 그늘」, 「운현궁의 봄」이 눈에 들어왔다. 「카라마조프의 형제들」, 「부활」, 「노인과 바다」, 「주홍 글씨」, 「하이네 시집」, 「괴테 시집」 이며 「현대문학」이라는 잡지도 쭉 꽂혀 있었다.

"있잖아요, 오 학년 때 선생님이 저보고도 작가가 되라고 했어요."

나는 책꽂이를 훑어보며 떨리는 목소리로 말했다. 작가가 되라고 했던 고성주 선생님이며 인호 오빠의 얼굴이 떠올랐다.

그 말을 듣고 아저씨는 뛸 듯이 반가워했다.

"그래? 너보고 작가가 되라고 했단 말이지? 그것 참 반갑구나. 암, 세상에서 작가처럼 아름다운 사람은 없지. 누에고치에서 비단실을 풀어 내듯 상상 속에서 수많은 이야기들을 술술 풀어 내잖니. 나도 한 때는 그런 소설을 쓰고 싶었단다. 언젠가 그 꿈을 이룰 날이 오겠지."

아저씨의 하얀 얼굴 가득 꿈이 어렸다.

"그런데 우리 꼬마 친구한테 무슨 책을 줄까?"

아저씨는 책꽂이를 훑어보며 무슨 책인가를 찾았다. 한참 후 아저씨는 「노인과 바다」라는 얄팍한 책 한 권을 꺼냈다.

"자, 이 정도면 충분히 읽을 수 있을 게다. 내가 좋아하는 헤밍웨이라는 미국 작가의 책이다. 어떤 어려움 속에서도 꿈을 잃지 않는 한 어부의 이야기가 담겨 있지. 읽어 보렴. 그리고 나중에 네가 읽을 만한 책을 또 찾아 놓을 테니 자주 놀러 오너라."

나는 아저씨가 건네 준 책을 받았다.

"수희야, 우리 나라에는 훌륭한 여류작가들이 참 많단다. 너도 그분들처럼 훌륭한 작가가 되렴. 넌 하, 할 수 있을 거야…… 코, 콜록, 콜록……."

아저씨는 갑자기 심하게 기침을 하였다. 이마에서는 진땀이 송골송골 배어 나왔다.

"아저씨, 감기 걸렸어요?"

난 이렇게 더운 여름에 감기에 걸린 아저씨가 걱정스러웠다.

"아, 아니다, 어서 집에 가 보거라. 코, 콜록콜록……."

아저씨는 수건으로 입을 막으며 손을 내저었다.

"그, 그럼, 아저씨, 안녕히 계세요. 다음에 또 놀러 올게요."

나는 고개를 갸웃거리며 아저씨 방을 나왔다.

내가 옆집 아저씨네 집에서 나오는 걸 본 엄마는 눈이 휘둥그레졌다.

"너, 아저씨 집에 갔었니?"

"응. 아저씨가 이 책도 줬어. 재미있는 책이래."

"아이고, 왜 그런 걸 받아 와. 어서 이리 줘, 어서!"

엄마는 와락 책을 빼앗아서는 부엌 아궁이에 내던졌다. 그리곤 눈 깜짝할 사이에 성냥통을 집어서는 성냥불을 휙 그어 불을 붙였다.

"어, 엄마……."

난 엄마의 행동을 도무지 이해할 수가 없었다.

"넌 너무 사람을 좋아해서 탈이야. 지지배가 왜 그렇게 넙죽넙죽 남의 집에 다니길 좋아하니. 다시는 그 방에 얼씬도 하지 말아!"

엄마는 부지깽이로 아궁이에서 타고 있는 책을 뒤적거리며 일렀다.

나는 기가 막혔다. 미처 첫 장도 읽어 보기 전에 아궁이에서 활활 타고 있는 책도 아깝거니와 아저씨가 준 책을 무지막지하게 태우고 있는 엄마가 이상한 사람처럼 여겨졌다.

"엄마, 도대체 왜 그래?"

나는 꽥 소리를 질렀다.

"그 아저씨는 폐병쟁이야. 약을 먹는다곤 하지만 균이 옮을지 모르니까 조심해야 하는 거야. 폐병은 죽을 병이나 마찬가지라구. 그래도 또 갈래? 이 철부지야."

그 때서야 나는 그 아저씨가 부인도 없이 늙은 어머니랑 혼자 사는 까닭을 알 수 있었다. 그 아저씨랑 꼬부랑 할머니가 다녀간 후 왜 엄마가 모든 그릇을 팔팔 끓는 물에다 삶았는지도.

'아…….'

나는 부르르 진저리를 쳤다. 옷을 전부 갈아 입고 비누거품을 잔뜩 내어 손을 열 번 스무 번 닦고 또 닦았다.

그러던 어느 날이었다. 그 아저씨가 읍사무소 옆에다 '도장 가게'를 열었다고 했다. 나는 그 아저씨가 왜 하필 도장 가게를 냈는지 알 수가 없었다.

"배운 기술이 그것뿐이니 어쩌겠니? 그나저나 수희야, 앞으로 절대 그 아저씨 옆에 가지 말아라."

엄마가 목소리를 낮추어 가만가만 일러 주었다.

그 후, 나는 학교를 가다가 우연히 도장 아저씨를 만나기만 하면 못 본 척 딴전을 피우곤 하였다. 그러던 어느 보름밤이었다.

나는 친구들이랑 밤늦도록 숨바꼭질을 했다.

"꼭꼭 숨어라, 머리카락 보인다!"

나는 술래의 눈을 피해 얼른 건너편 집 헛간에 숨었다. 그 때였다. 뒷마당에서 누군가가 심하게 기침을 해대고 있었다. 바로 도장 아저씨였다. 아저씨는 손수건을 입에 댄 채 숨이 끊어지도록 기침을 했다.

"앗!"

나는 소스라치게 놀랐다. 아저씨의 손수건이 빨갛게 물든 게 달빛에도 보였다. 입 안에선 빨간 피가 쿨룩쿨룩 쏟아져 나왔다.

나는 오도 가도 못 한 채 숨을 죽이고 헛간에 쪼그려 앉아 있었다.

"으흐흐흐……."

한참 기침을 하던 도장 아저씨는 짐승처럼 숨죽여 울

었다.

"못 찾겠다, 꾀꼬리! 못 찾겠다, 꾀꼬리!"

밖에서는 술래가 큰 소리로 외쳤다.

"수희야, 어디 있니? 빨리 나와!"

다른 아이들까지 큰 소리로 날 불렀다. 하지만 나는 오금이 저려 움직일 수가 없었다. 한참을 울던 도장 아저씨는 꼬부랑 할머니의 손에 이끌려 방 안으로 들어갔다.

그제서야 나는 얼굴이 파랗게 질린 채 밖으로 나왔다.

며칠 후 학교 수업이 모두 끝나고 집으로 돌아오는데 누가 내 어깨를 툭 쳤다. 도장 아저씨였다.

"앗!"

나는 귀신을 본 것처럼 소스라쳐 놀랐다.

"수희야, 집에 가니? 자, 이거 먹으렴. 자꾸 입 안이 텁지근 한 것 같아서 단 걸 좀 먹어 보려고 샀다."

아저씨는 드롭스를 내밀었다. 빨강, 노랑, 초록, 분홍 사탕이 돌돌 말려 있는 길쭉하게 생긴 드롭스 한 통이었다. 나는 문득 손수건에 빨간 피를 쏟던 모습이 떠올라서 머뭇거렸다.

"괜찮아. 자, 받아. 어서."

아저씨는 퀭한 눈으로 웃으며 말했다.

그래도 나는 드롭스를 받을 수가 없었다. 딱 한 번 은미한테 얻어먹어 본 적이 있었는데, 왕사탕이나 눈깔사탕과는 다른 향기로운 꽃냄새가 나는 사탕이었다. 그래도 나는 받을 수가 없었다.

"……혹시 병이 옮을까 봐 그러니?"

도장 아저씨는 슬픈 목소리로 물었다.

"그, 그게 아니라……."

나는 얼굴이 빨개진 채 우물쭈물하였다.

"그랬구나. 그래서 그 동안 우리 집에도 놀러 오지 않았구나. 네가 읽을 만한 책들을 골라 놓았는데. 사실……약을 먹는 동안에는 결핵균이 밖으로 나오지 않는데……."

도장 아저씨의 눈자위가 어느새 빨개졌다.

나는 더 이상 그 자리에 서 있지 못하고 후닥닥 집으로 뛰어갔다. 드롭스를 받지 않은 머쓱함과 책을 불태운 일이 겹쳐서 아저씨 얼굴을 똑바로 쳐다볼 수가 없었다.

그 뒤로 어쩌다 길에서 만나면 도장 아저씨가 먼저 나를 피했다. 내가 미안해 할까 봐 일부러 모른 척 하는 것이다. 나는 마음이 싸하게 아팠지만 어쩔 수가 없었다.

그런 일이 있은 지 며칠 후였다. 방에 엎드려 숙제를 하고 있는데 도장 아저씨네 꼬부랑 할머니가 찾아왔다.

"안녕하세요?"

나는 무슨 일인가 하는 마음으로 인사를 하였다.

"집에 있었구나. 자, 이거 받아라. 무슨 맘을 먹고 이런 걸 해 주는지, 원. 네 도장이다."

"네?"

나는 어리둥절한 얼굴로 할머니가 불쑥 내민 도장을 받았다.

"그거, 벼락 맞은 대추나무로 판 도장이라더라. 대추나무는 원래 귀신을 쫓는 영험한 힘이 있다잖니. 그래서 이걸 몸에 지니고 있으면 좋다나 어떻다나. 너한테 꼭 하나 파 주고 싶어서 정성들여 팠다더라. 뭐래더라? 작가한테는 이런 도장 하나쯤 있어야 한다고 뚱딴지 같은 말을 하면서 말이다. 지 자식도 아닌데 왜 그렇게 정을 쏟는지 원."

꼬부랑 할머니는 혀를 끌끌 찼다. 아무래도 자식 없이 혼자 사는 아들의 처지가 딱해 보였기 때문일 것이다.

나는 벼락 맞은 대추나무로 팠다는 도장을 가만히 들여다보았다. 상형문자처럼 새긴 '이수희'라는 글씨가 조그만 동그라미 안에 들어 있었다. 나를 생각하며 '이수희'라는 이름을 정성들여 새겼을 도장 아저씨를 떠올리자 또 마음이 아팠다. 그 날 내가 드롭스를 받아 먹지 않은 걸 미안해 할까 봐 이렇게 선물을 준 것인지도 몰랐다. 그런데 작가한테는 왜 도장이 필요한 것일까. 나는 그게 궁금했지만 차마 물어 볼 수 없었다.

'아저씨, 고마워요.'

나는 그 도장을 꼬옥 움켜쥐었다. 그리곤 엄마가 알면 또 아궁이에다 태울 것 같아 몰래 책상 서랍 깊숙이 숨겨 놓았다.

15

온 산과 들에 단풍이 곱게 물들었다. 논에는 누런 벼 이삭이 넘실넘실 춤을 추었다. 밭마다 김장 배추며 무가 탐스럽게 자라 있었다.

하루는 담임 선생님이 입가에 싱글벙글 웃음을 띠며 말했다.

"호호, 얘들아, 교직원 회의에서 이번 육 학년은 서울로 수학 여행을 가기로 했단다. 어떠니?"

"우와, 정말이에요, 선생님?"

아이들은 책상을 두드리며 좋아서 어쩔 줄을 몰랐다. 아이들 중에는 이미 서울 구경을 한 아이들이 몇 있었지만 대부분 영월에서 태어나 영월을 벗어나 본 적이 없었다.

나도 선생님 말씀을 들으며 문득 강원도로 오기 전에 잠깐 스쳐 지나왔던 서울 풍경을 떠올렸다. 네온사인이 번쩍번쩍거리고, 자동차들이 왔다갔다하고, 거리마다 사람들이 가득하던 모습들. 하지만 속으로 걱정이 앞섰다. 보나마나 돈이 많이 들 텐데 아버지가 수철이랑 나, 둘 다 보내 줄 수 있을까 염려가 되었기 때문이다.

나는 어떻게 해서든지 반 아이들과 함께 수학 여행을 가고 싶었다.

며칠 후 나는 선생님이 나눠 준 수학 여행 고지서를 들고 오랜만에 아버지를 찾아갔다.

"아휴, 우리 수희 그 동안 얼굴 잊어버릴 뻔했구나. 어서 오너라."

그 쪽 엄마는 여전히 나를 반갑게 맞아 주었다.

"수희야, 아직도 화가 안 풀렸니? 아버지가 널 미워서 때린 게 아니라 사람 되라고 그런 거니 다 잊어 버려라. 그 날 네가 가고 나서 아버지가 얼마나 우셨는지 아니? 아버지가 같이 안 사니까 네가 그렇게 못된 아이들하고 어울려 다닌다고. 하긴 자식 교육은 아버지 혼자 시키는 게 아니라 엄마가 하기 나름이지. 네 엄마는 도대체 뭐 한 가지 할 줄 아는 게 있어야지."

그 쪽 엄마는 또 은근히 엄마 흉을 보았다.

그 때 진찰실에서 아버지가 나오셨다.

"왔구나."

아버지는 나를 보고 활짝 웃었다. 정말 오랜만에 만난 아버지였다.

"아버지, 이거요."

나는 무거운 마음으로 통지서를 내밀었다.

"그래, 수철이가 보여 주더라. 이거 둘을 다 보내려면 쌀 한 가마 값은 들겠구나."

아버지는 돈 이야기임에도 불구하고 화를 내지 않았다. 나는 속으로 너무 기뻤지만 내색은 하지 않았다.

"저녁 먹고 놀다 가거라."

아버지는 왕진가방을 챙겨 들고 나가며 내게 일렀다. 그 날 이후 내가 아버지네 집에 처음으로 온 게 기쁘다는 듯.

나 역시 수학 여행을 보내 준다는 말에 꽁했던 마음이 조금 풀어졌다.

오랜만에 아버지 집에서 저녁을 먹었다. 그리곤 아버지가 왕진을 간 틈을 타서 수철이랑 진찰실로 들어갔다. 한약 냄새가 훅 풍겨 왔다. 여러 가지 한약에서 풍겨오는 기분 좋은 냄새였다.

"이리 와 봐!"

수철이는 짓궂게 웃으며 나를 약장 앞으로 데리고 갔다.

약장에는 작은 서랍들이 줄줄이 달려 있었는데 그 앞에는 모두 한자로 약재 이름이 쓰여져 있었다. 모두 아버지가 직접 붓으로 쓴 글씨였다.

"우리 숙지황 먹자."

수철이는 익숙한 솜씨로 어떤 서랍을 열었다. 그리곤 고약처럼 끈끈하게 생긴 덩어리를 내밀었다. 언젠가 먹어 보았던 시큼하고 달착지근한 약재였다.

나는 수철이가 준 숙지황을 야금야금 맛있게 먹었다. 약장 속에는 숙지황 말고도 먹을 게 많았다. 잘게 썰어 놓은 감초도 씹으면 씹을수록 달콤한 맛이 우러나왔다. 살구씨며, 복숭아씨, 산딸기 말린 것, 대추, 당귀, 갈근, 백복근, 산사자 등 서랍 속에는 없는 게 없었다. 아버지는 그 수많은 약재들로 환자의 증세에 따라 이것저것 섞어서 한약을 짓는 것이었다.

수철이와 나는 은밀한 보물찾기를 하듯 이 서랍 저 서랍을 뒤지며 먹을 걸 찾아 냈다.

그 때였다.

"엄마! 누나랑 형이 아버지 약장에서 약 꺼내 먹는대

요."

어느 틈에 우리를 본 수민이가 큰 소리로 일렀다.

"너희들 그러다 큰일난다. 그 중에는 독이 든 약재도 있어!"

그 쪽 엄마는 기겁을 하며 말렸다. 하지만 나와 수철이는 놀라지 않았다. 독이 든 약재를 아버지가 허술하게 약장 서랍에 그냥 넣어 둘 리가 없으니까.

사실 나도 아버지의 약방에서 노는 게 은근히 좋았다. 아버지의 커다란 책상이 있고, 반짝거리는 은제 침통과 약초 써는 작은 손작두가 있는 곳, 그 곳에는 아버지의 냄새가 오롯이 묻어 있었다.

나와 수철이는 오래오래 약방에서 놀았다.

마침내 수학 여행을 떠나기 전날 밤이다. 나는 잠을 잘 수가 없었다. 그 쪽 엄마가 사 준 분홍빛 스웨터랑 골덴바지를 단정하게 개서 머리맡에 놓고, 수학 여행 가방도 다 싸 놓았지만 좀처럼 잠이 오지 않았다.

"수희야, 서울 가면 차 조심하고, 선생님 잘 따라다녀. 괜히 선생님 놓쳤다간 큰코 다친다. 너만한 애들 데려다가 식모로 부려 먹는 집이 많대."

"엄만, 괜히 그래."

나는 자꾸 불길한 이야기만 하는 엄마한테 퉁명스레 대꾸했다.

"서울서 조금만 더 내려가면 천안인데……."

잠이 안 오긴 엄마도 마찬가지인 모양이었다. 내가 서울에 간다고 하자 오랜만에 고향 이야기를 꺼냈다.

"엄마, 이모들 보고 싶어?"

"그럼, 큰이모, 작은이모, 외삼촌 다 보고 싶지."

엄마의 목소리에 울음이 묻어 있었다. 캄캄해서 안 보

이지만 아마도 눈물을 흘리고 있을 것이다.

"큰이모, 작은이모가 엄마를 업어서 키웠단다. 엄마가 대여섯 살 때 외할머니랑 외할아버지가 잇달아 돌아가셨거든. 꼬맹이였던 나를 이모들이 머리도 빗겨 주고, 목욕도 시켜 주면서 데리고 자곤 했지. 어릴 땐 그렇게 언니, 오빠들 사랑을 많이 받고 자랐는데……."

엄마의 목소리엔 점점 더 울음이 섞였다.

열 남매의 귀염둥이 막내딸이었다는 엄마가 이렇게 아버지한테 버림 받고 구박을 받으며 사는 게 너무 불쌍해서 나도 눈물이 핑 돌았다.

"엄마, 나 졸려, 이제 잘래."

나는 눈이 점점 더 말똥말똥해졌지만 일부러 자는 체했다. 아무래도 더 말을 시켰다가는 엄마 울음보가 터질까 봐 겁이 났던 것이다.

다음 날 새벽, 나는 제대로 잠을 자지 못해 뻑뻑한 눈으로 자리에서 일어났다. 새 옷을 입고 간식으로 먹을 과자며 공책, 속옷이 든 가방을 들고 집을 나섰다.

"누나, 좋겠다. 나도 육 학년 되면 서울로 수학 여행 가?"

이제 2학년인 수영이는 졸린 눈을 비비며 일어났다.

아기인 수진이는 윗목에서 새근새근 잠들어 있고. 나는 가방 속에 든 크림빵과 비스킷, 사탕 한 봉지를 꺼내 수영이에게 내밀었다.

"우와, 신난다!"

수영이는 졸음이 싹 가신 얼굴로 좋아서 팔짝팔짝 뛰었다.

"엄마, 다녀올게."

나는 꾸벅 인사를 하고는 친구들과 같이 영월역으로 향했다. 영월역에서 기차를 타고 청량리역까지 가는 것이다.

마침내 기차는 청량리역에 도착하였다. 3년 전 여름, 아버지를 따라 온 식구가 강원도로 떠났던 바로 그 곳이었다. 그 동안 있었던 일들이 영화의 한 장면처럼 휙휙 머리를 스쳤다. 하지만 다시 3년 전 천안 시절로 되돌아가고 싶지는 않았다. 돌이켜보면 비록 배를 곯지는 않았지만 그 때나 지금이나 행복하지 않긴 마찬가지였다.

역에는 그 때처럼 짐보따리를 든 사람들이 개찰구 안에 꽉 차 있었다. 중앙선이나 영동선을 타려는 사람들이었다.

우리는 대절한 버스를 타고 서울 관광을 시작하였다. 첫날은 창경원과 비원을 구경하였다. 아이들은 창경원

동물원에서 그림으로만 보던 사자며 호랑이도 보고 임금님이 살던 대궐 곳곳을 살펴보았다.

그런 곳을 구경하자니 문득 어린 단종이 떠올랐다. 이렇게 넓고 좋은 궁궐을 두고 청령포처럼 험한 곳으로 귀양을 갔으니 얼마나 두렵고 슬펐을까. 더군다나 사랑하는 왕비도 없이 쓸쓸하게 말이다. 평생 단종을 그리워하며 살던 왕비 정순왕후는 남양주의 사릉에 묻혀 있다고 하였다. 장릉과 사릉. 난 문득 두 분의 묘를 왜 합장하지 않았을까 하는 의아심이 들었다. 그냥 평범한 부부들도 죽으면 나란히 묻거나 합장을 한다는데, 비록 죽은 뒤에라도 단종과 정순왕후를 만나게 해 주면 얼마나 좋을까 하는 생각이 들었다.

저녁이 되자 우리는 덕수 여관이라는 곳으로 갔다. 방이 다닥다닥 붙어 있는 굉장히 큰 한옥으로 옛날에는 높은 벼슬아치가 살았던 아흔아홉 칸 집이었다고 했다.

저녁 시간이 되자 커다란 교자상에 가득 차려진 밥을 먹고 아이들은 밤이 이슥해지도록 이야기를 하고 장난을 치며 놀았다. 그리고 다음 날 아침에는 토끼처럼 빨개진 눈으로 다시 서울 구경을 하였다. 남산에 가서 케이블카도 타고 박물관에도 가 보았다. 서울 사람들은 쭉 줄지어서 가는 우리를 보며 킥킥 웃었다. 아무리 새 옷을 입고

새 운동화를 신었어도 촌닭처럼 보이는 모양이었다.

수학 여행의 마지막 날 밤이었다.

"수희야, 오늘 밤에 우리 명동 갈 거야. 선생님 구두 사러."

남은이가 자랑스럽게 말했다.

수학 여행을 오기 전에 반에서 담임 선생님의 선물을 사려고 돈을 모았었다. 그 때 재경이가 나섰다.

"우리 엄마가 서울 가서 구두를 사 드리래. 명동에 가면 금강 구두가 있는데 거기 구두가 예쁘댔어!"

"정말?"

아이들은 난생 처음 들어 보는 '금강 구두'라는 말을 가슴에 새겼다.

아버지가 전매청에 다니는 재경이는 얼마 전에 서울에서 전학 온 아이다. 재경이가 전학을 오던 날이었다. 아이들은 눈이 휘둥그레졌다. 재경이 엄마가 영화배우 같은 차림으로 나타난 것이다. 날씬한 몸에 꼭 붙는 주황색 원피스를 입고 검은 선글라스를 쓰고 왔었다. 그렇게 멋쟁이 엄마가 한 말이니까 틀림없을 것이다. 아이들은 누구보다 멋쟁이인 이동춘 선생님께 꼭 '금강 구두'를 사 드리고 싶어 했다. 그러자 어떻게 알았는지 옆 반 아이들도 자기 선생님께 구두를 사 드린다고 하였다.

"같이 가자. 너네 선생님이랑 우리 선생님이 친하니까 선생님들도 같이 가면 좋아하실 거야."

그 쪽 반장이 남은이 눈치를 살피며 사정하였다. 마음 착한 남은이는 그러라고 했다. 마침내 이동춘 선생님과 황미자 선생님이 나오셨다. 두 분이 나란히 나오는 걸 보자 옆반 아이들이랑 같이 가길 잘했다는 생각이 들었다.

"자, 여기서부터 걸어가는 거다. 길 잃어버리면 안 되니까, 잘 따라 오렴!"

"네에!"

우리는 손에 손을 잡고 열심히 선생님 뒤를 따라갔다. 우리들이 묵는 덕수 여관은 종로에 있다고 했다. 우린 종로에서 명동이 얼마나 되는 거리인지도 모른 채 병아리처럼 졸졸 따라 나섰다.

큰길로 나서자 눈이 휘둥그레졌다. 서울은 그야말로 낮과 밤이 완전 딴판이었다. 날만 어두워지면 쥐죽은 듯 조용하던 영월시내만 보던 아이들은 저절로 입이 딱 벌어졌다. 건물 옥상마다 휘황찬란한 네온사인이 번쩍번쩍거렸다.

〈조미료는 미원〉, 〈삼양 설탕〉, 〈럭키 치약〉, 〈닭표 간장〉 〈드레스 미싱〉, 〈신신 파스〉 같은 네온사인이 밤 하늘을 화려하게 수놓았다. 전차 속에도 사람들이 꽉 들어

찼고, 버스마다 만원이었다.

"저게 바로 화신 백화점이란다. 저 건너편은 신신 백화점이고. 이 옷도 화신에서 산 거야."

재경이가 뽐내며 말했다. 새삼스레 아이들은 모두 재경이 옷을 쳐다보았다. 반짝이는 금단추를 단 까만 골덴 윗도리에 빨간 우단바지였다.

아이들은 어미닭을 쫓아가는 병아리들처럼 서로서로 손을 꼬옥 잡은 채 선생님 뒤를 따라갔다. 화신 백화점, 신신백화점을 지나 큰길을 따라 계속 걸어오자 이 때까지 본 것보다 더 휘황찬란한 거리가 나타났다.

"이제 여기부터가 명동이란다. 앞에 보이는 저건 미도파 백화점이고, 저기 맞은편에 보이는 건 신세계 백화점이야."

재경이는 신이 나서 설명을 해 주었다. 아이들은 그런 재경이를 놀라운 눈으로 쳐다볼 뿐이었다.

명동은 이 때까지 내가 본 거리 중에서 가장 번화한 곳이었다. 천안이나 황지, 영월에서는 결코 상상할 수 없을 만큼 화려했다. 눈이 핑글핑글 돌 지경이었다.

"자, 얘들아, 저기가 금강 구두란다. 나한테 꼭 금강 구두를 사 주고 싶단 말이지? 그럼, 어서 들어가자!"

이동춘 선생님은 아이들을 앞세우고 금강 구두의 유

리문으로 들어섰다.

"어서 오세요! 아니?"

잘생긴 오빠들이 인사를 하다 말고 우리를 원숭이 보듯 쳐다보았다.

"여긴 웬일들이니?"

"선생님 구두 사러요!"

재경이가 나서서 말했다.

"오, 그래? 선생님 좋으시겠습니다. 꼬마 친구들이 구두를 사 드린다니. 자, 이 쪽으로 오세요. 여기가 여자 구두 진열대입니다."

두 선생님은 잘생긴 오빠를 따라 여자 구두 파는 곳으로 갔다.

진열대의 구두들은 신데렐라 구두처럼 예뻤다. 선생님이 구두를 고르는 동안 아이들은 신바람이 나서 구두 가게 안을 돌아다녔다. 저마다 이 구두 저 구두를 만져 보며 소리를 질렀다.

"선생님, 이 구두 예뻐요!"

"아니야, 이 구두가 더 예뻐!"

아이들은 서로 자기가 고른 구두를 들고 우겨 댔다. 그러자 옆에 있던 멋쟁이 언니들이 눈살을 찌푸렸다.

"아니, 왜 이렇게 어수선해? 여보세요, 이 아이들은 뭐

예요? 내 원, 참!"

그러자 아까는 그렇게 친절했던 오빠가 퉁명스레 말했다.

"아니, 선생님. 이렇게 많은 아이들을 데리고 오면 어떡합니까?"

"죄, 죄송해요. 얼른 사고 나갈게요."

이동춘 선생님은 다 기어들어가는 소리로 말했다. 그 모습을 본 나는 깜짝 놀랐다. 영월에서 최고 멋쟁이며 도도한 우리 선생님이 구두 파는 오빠한테 저렇게 쩔쩔매다니. 우리들은 갑자기 풀이 팍 죽어서는 조용히 구석에서 있었다. 두 선생님은 서둘러 구두를 골랐다.

"치, 서울 사람들은 다 친절하다더니 거짓말이야."

은미가 입을 비죽였다. 선생님이 무안을 당한 게 분한 모양이었다.

"애들아, 괜찮아. 선생님은 너희들 덕분에 예쁜 구두를 사서 기분이 좋은걸. 좋아, 우리 어디 가서 맛있는 팥빙수 먹자. 선생님이 사 줄게!"

선생님은 아이들 기분을 풀어 주려는 듯 밝은 얼굴로 말했다. 그리곤 앞장서서 근처 로얄 제과점으로 들어갔다. 선생님이 사 주신 팥빙수는 너무나 달콤하고 맛있었다. 팥 알갱이가 입안에서 사르르 녹았다. 팥빙수를 다

먹은 우리는 제과점을 나왔다.

어느 장난감 가게를 지나갈 때였다.

"선생님, 여기 들어가 봐요, 네? 동생한테 장난감 사다 준다고 했거든요."

어떤 아이가 선생님을 졸라 댔다. 다른 아이들도 덩달아 들어가 보자고 야단이었다.

"그래, 잠깐만 들어가 보자."

선생님은 못 이기는 척 아이들을 데리고 들어갔다.

그 때였다. 나는 갑자기 배가 꼬르륵거리며 마구 뒤틀렸다. 금방이라도 설사가 나올 듯 하였다. 아무래도 물을 갈아 먹어서 탈이 난 듯했다. 아니면 방금 먹은 팥빙수 때문이거나. 나는 화장실을 찾아 기웃거리다가 문득 방금 나온 로얄 제과점의 화장실을 떠올렸다. 구석에 화장실 푯말이 붙어 있던 걸 보았던 것이다.

나는 부리나케 그 쪽으로 되돌아가 쭈뼛쭈뼛거리며 화장실로 들어갔다. 아니나 다를까, 묽은 설사가 막 나왔다. 한 차례 설사를 하고나니 배가 한결 시원해졌다. 나는 부랴부랴 장난감 가게 쪽으로 갔다. 그런데 이게 어찌 된 일인가. 선생님과 아이들이 온데간데없이 사라져 버렸다.

"아저씨, 아저씨! 우리 반 아이들 어디 갔어요?"

"이 녀석아, 그걸 내가 어떻게 알아? 정신을 쏙 빼놓더니만 아무것도 안 사고 다들 나가 버렸다."

"어, 어디로요?"

나는 울상을 지으며 물었다.

"저 쪽으로 가더라."

내가 딱해 보였던지 어떤 언니가 알려 주었다. 나는 부리나케 그 언니가 알려 준 쪽으로 달려갔다. 하지만 선생님과 아이들의 모습은 보이지 않았다.

'어디로 갔지?'

발 디딜 틈 없이 많은 사람들이 오가는 명동 한복판에서 나는 선생님과 아이들을 찾아 이리저리 헤맸다. 하지만 그 어디에도 아이들의 모습은 보이지 않았다. 오히려 자꾸 여기저기를 돌아다니다 보니 처음에 왔던 길조차 어디가 어딘지 알 수가 없었다. 나는 더럭 겁이 났다. 워낙 놀란 탓인지 눈물도 나오지 않았다. '너 만한 아이들을 데려다가 식모로 부려 먹는다더라' 던 엄마의 말이 떠오르자 왈칵 무섬증이 일었다.

나는 될 수 있으면 시골뜨기처럼 보이지 않으려고 정신을 똑바로 차리고 한참을 여기저기 헤매고 다녔다. 그런데 참 이상한 일이었다. 갑자기 선생님과 아이들을 놓치고 혼자 달랑 떨어진 일이 그렇게 싫지 않았다. 오히려 혼자가 되자 수학 여행 온 촌티를 내며 아이들과 우르르 몰려다니던 때보다 한결 한갓졌다.

'그래, 이 쪽으로 쭉 가면 우리가 머무는 덕수 여관이 나올 거야. 괜히 촌뜨기처럼 이 사람 저 사람한테 묻다가 나쁜 사람한테 잡혀 가는 것보다 나 혼자 찾아가는 게 나아. 아이들도 지금쯤 구경을 하며 그 쪽으로 가고 있을 테니까.'

나는 차츰 안정을 되찾았다. 그리곤 어림짐작으로 덕수 여관을 향하여 걸어갔다. 여관으로 돌아가서 아이들한테 혼자 명동에서 여관까지 찾아왔다는 걸 자랑삼아 이야기하고픈 여유도 생겼다.

그제서야 나는 마음놓고 길거리 구경을 하였다. 가게도 기웃기웃거리고, 지나가는 사람들도 쳐다보았다. 내 또래의 아이들 몇이 밝은 얼굴로 이야기를 하며 지나는 것을 보자 문득 그 아이들처럼 나도 서울에서 살고 싶었다. 넓은 곳에서 웅크렸던 날개를 활짝 펴고 싶었다. 늘 주눅 들어 사는 엄마, 큰소리만 치는 아버지를 떠나 자유롭게 살고 싶었다.

나는 서울의 거리를 걷고 또 걸었다. 어디가 어딘지도 모르고 걸었다. 마치 서울이라는 도깨비한테 홀린 듯 어느 틈에 덕수 여관 따윈 까맣게 잊어버린 채 무작정 서

명동
금강구

울 거리를 헤맨 것이다.

얼마쯤 걸었을까. 갑자기 거리가 조용해졌다. 차들도 뜸해지고 그 많던 사람들도 어디론가 다 가 버렸다. 길거리엔 나 혼자였다.

나는 사방을 두리번거리며 살폈지만 어디가 어딘지 알 수가 없었다.

그 때 갑자기 사이렌 소리가 울렸다. 어느새 열두 시 통행금지 시간이 된 것이었다.

'큰일났다. 도대체 여기가 어디쯤이지?'

그 때 저 쪽에서 검정 작업복을 입은 아저씨가 오고 있는 게 보였다. 길을 물으려던 나는 험악한 인상에 흠칫 놀랐다.

'나쁜 아저씨일지 몰라. 만약 여기서 붙잡혀 가면 큰일이야. 숨어야 해.'

난 재빨리 골목으로 숨었다. 골목에는 여기저기 헌 종이상자가 쌓여 있었다. 나는 오도 가도 못 한 채 상자더미 옆에 쪼그려 앉았다.

'아, 어떡하지? 선생님이 얼마나 나를 애타게 찾으실까…….'

이리저리 나를 찾아다니고 있을 선생님을 떠올리자 가슴이 아팠다.

밤이 깊어지자 얇은 옷 속으로 늦가을 한기가 파고들었다. 추위와 무서움으로 입술이 저절로 달달 떨렸다.

서울 효자동에 있는 이종 사촌 언니들의 자취집이라도 알았더라면 하는 안타까움이 일었다. 문득, 서울 아줌마의 얼굴도 떠올랐다. 아줌마는 그렇게 영월을 떠난 후 서울 답십리로 돌아왔을까, 아니면 지금쯤 어디선가 예쁜 딸을 낳고 잘 살고 있을까……, 왈칵 그리움이 밀려왔다. 황지에 있는 인호 오빠도 보고 싶었다.

그리운 사람들 얼굴을 떠올리자 갑자기 콧등이 시큰해지며 눈물이 나왔다.

골목 끝에서 까만 도둑고양이 한 마리가 야옹야옹하며 울고 있는 나를 쳐다보았다. 눈에서 퍼런 불꽃이 일었다. 나는 금방이라도 오줌을 쌀 것처럼 머리카락이 쭈뼛섰다. 도둑고양이가 달려들까 봐 겁이 나 발이 저려도 옴짝달싹 할 수가 없었다.

나는 그렇게 캄캄한 서울의 뒷골목에 쪼그려 앉아 있었다. 온몸이 얼어붙는 것처럼 덜덜 떨렸다. 발을 동동거리며 나를 찾고 있을 선생님과 아이들을 떠올리며 어서 날이 밝기만을 기다릴 뿐이었다.

그렇게 얼마나 지났을까. 나는 차츰 어둠이 물러가고 청록빛으로 물들어 가는 하늘을 보았다. 어느새 캄캄한 어둠이 물러가고 다시는 오지 않을 듯하던 새벽이 오고 있는 것이었다.

'아, 이제 아침이야.'

난 마치 태어나서 새벽 하늘을 처음 보는 것처럼 몸이 떨렸다.

'그래, 언젠가 나의 어둡고 슬픈 생활이 끝나고 새벽처럼 환하게 열릴 날이 올지 몰라.'

밤이 지나면 날이 밝아온다는 아주 평범한 사실이 갑자기 폭풍처럼 내 마음을 휘둘렀다.

그 때 저 쪽에서 새벽 어둠을 뚫고 목장우유를 배달하는 오빠가 보였다. 나는 순간적으로 몸을 움츠렸다. 하지만 나보다 그 오빠가 더 흠칫 놀랐다.

"꼬마야, 너 거기서 뭐하냐, 응? 집이 어디야? 혹시 고아원에서 도망 나온 거니?"

오빠는 한꺼번에 마구 질문을 퍼부었다.

"수, 수학 여행 왔다가 길을 잃었어요……."

"뭐? 도대체 어쩌다 여기까지 왔니? 여긴 을지로 5가란다. 그나저나 선생님이 얼마나 널 애타게 기다리시겠니. 내가 자전거로 널 데려다 줄 테니 가자."

오빠는 목장우유를 돌리다 말고 내 손을 덥석 잡았다. 나는 그 오빠가 나쁜 사람이 아니라는 걸 직감으로 알았다. 나쁜 사람이 그런 첫새벽부터 우유 배달을 하며 열심히 살지는 않을 테니까.

덕수 여관은 불이 환하게 켜져 있었다. 하룻밤 사이에 빰이 홀쭉해진 선생님이 나를 보자마자 울음을 터뜨렸다.

"수, 수희야! 도대체 어떻게 된 거니, 응? 아이구 이 녀석아!"

선생님은 나를 덥석 끌어안았다.

그제서야 나도 참았던 눈물이 주르르 흘러 나왔다.

"서, 선생님, 죄송해요. 배가 아파서 화장실에 갔다가 나오니까……."

"아니다, 아니야. 미처 널 챙기지 못한 선생님이 잘못했다!"

선생님은 나를 더 힘주어 안았다.

그 날 새벽, 간신히 덕수 여관으로 돌아온 나는 아이들이 나란히 누워 있는 한 귀퉁이에 이불을 덮고 누웠지만 잠이 오지 않았다. 지난 밤의 일들이 자꾸만 영화의 한 장면처럼 내 앞을 스쳐갔다. 어쨌든 나는 언젠가 어둠이 지나가고 환한 날이 온다는 사실을 깨달았다. 3박 4일간의 서울 구경도 좋았지만 그걸 깨달은 게 무엇보다 기뻤다.

16

가을은 점점 깊어 갔다. 멀리 우뚝 솟아 있는 봉래산의 낙엽송들도 어느새 진갈색으로 물들었다. 그러던 어느 날이었다. 학교가 끝나고 집으로 가던 나는 도장 가게의 문이 굳게 닫힌 걸 보았다. 그러고 보니 며칠째 문이 닫혀 있었다.

'무슨 일일까?'

동네에서도 한동안 도장 아저씨를 보지 못했다. 그런데 막 집에 들어서는데 엄마가 빈 그릇을 들고 아저씨네 집에서 나오는 게 보였다.

"엄마, 어디 갔다 와?"

"응, 도장 아저씨네."

"거길 왜?"

나는 눈이 휘둥그레져서 물었다. 병균이 옮는다며 나한테는 근처에 얼씬도 하지 말라던 엄마였다.

"아무래도 아저씨가 돌아가실 것 같다. 요 며칠째 정신이 오락가락 한다더라. 할머니마저 몸져누워 있다길래 죽 한 그릇 쒀서 갖다 드리고 오는 길이다."

나는 드롭스를 주던 도장 아저씨와 꼬부랑 할머니의 얼굴이 떠올라 다시금 마음이 아팠다.

꼬부랑 할머니는 여름 내내 들판이며 개천에서 살았다. 아들의 몸보신을 해 준다며 개구리랑 메뚜기를 잡으러 이리저리 쫓아 다녔던 것이다. 하지만 꼬부랑 할머니한테 잡힐 만큼 굼뜬 개구리는 세상 어디에도 없었다. 할머니는 매번 허탕만 쳤다. 어쩌다 개천에서 놀던 아이들이 불쌍한 할머니를 위해 개구리 몇 마리씩을 잡아 주곤 하였다. 그럴 때면 꼬부랑 할머니는 아기처럼 좋아하며 허둥지둥 단걸음에 집으로 달려갔다. 빨리 그걸 푹 고아 병든 아들에게 먹이려는 것이었다.

또 할머니는 미꾸라지를 잡는다며 남의 논고랑에 들어가 벼이삭을 다 쓰러뜨리기 일쑤였다.

"할머니, 그러시면 어떡해요?"

동네 아저씨들이 소리를 질렀다.

"한 번만 봐 줘, 다신 안 그럴 테니."

꼬부랑 할머니는 논 주인한테 굽실굽실 절을 했다. 하지만 또 그뿐이었다. 할머니는 외양간에서 주워 온 쇠똥을 물이 질척한 논두렁에나 발라 놓았다. 그리곤 얼마 후 쇠똥 냄새를 맡고 몰려든 미꾸라지들을 두 손으로 움켜잡아 양동이 가득 담아 오곤 했다. 그야말로 진흙 반, 미꾸라지 반이 잡힌 것이다. 퀴퀴한 쇠똥 냄새까지.

"수희야, 이거 봐라, 내가 다 잡았다. 가을 미꾸라지는 그저 하늘이 내린 보약이지, 보약이야!"

할머니는 의기양양한 얼굴로 양동이 안에서 우글우글거리는 미꾸라지들을 보여 주었다.

"엄마야!"

그럴 때마다 나는 징그러워서 십리나 도망을 쳤다. 하지만 마음 속으론 그 쇠똥 냄새 나는 미꾸라지를 달여 먹고 도장 아저씨의 병이 하루 빨리 낫기를 빌었는데 돌아가실지도 모른다니…….

'도장 아저씨, 어서 일어나세요. 꼬부랑 할머니도요.'

들판이며 논을 헤집고 다니며 개구리, 메뚜기, 미꾸라지를 잡아들이던 꼬부랑 할머니의 모습이 떠오르자 나는 더욱 마음이 아팠다.

"수희 어멈! 문 좀 열어 봐! 아이고, 이 일을 어쩌나, 이 일을 어째!"

이른 새벽녘, 누군가가 우리 집 방문을 마구 두드렸다. 꼬부랑 할머니가 울부짖는 소리였다.

"저런, 아무래도 일을 당했나 보다."

엄마는 부리나케 방문 고리를 벗겼다.

"아이고, 수희 어멈 우리 아들 좀 살려 줘! 어서 가서 수희 애비 좀 불러 줘!"

꼬부랑 할머니는 실성한 듯 외쳤다.

"수희야, 빨리 가서 아부지 좀 모셔 오너라, 제발! 우리 아들 죽는다, 아이고!"

꼬부랑 할머니는 나를 보면서 재촉하였다.

"그래, 빨리 갔다 오렴. 그래도 이 낯선 땅에서 아는 사람이라곤 우리뿐인데 어떻게 모른 척 하겠니, 어서."

엄마도 나를 다그쳤다. 나는 주섬주섬 머리맡에 벗어 놓은 바지며 윗도리를 입고는 밖으로 나왔다. 강에서 불어 오는 안개가 훅 얼굴을 스쳤다. 찬바람이 스멀스멀 옷깃을 파고들었다. 나는 안개를 헤치고 달리며 속으로 외쳤다.

'도장 아저씨, 돌아가시면 안 돼요, 소설가가 되고 싶다고 했잖아요. 그러니 어서 일어나세요.'

나는 숨을 헉헉 몰아쉬며 방앗간과 전매청을 지나고 시내 중앙통을 거쳐 동강다리 옆 아버지의 한의원까지 쉬지 않고 달려갔다.

"아버지, 아버지이!"

문을 쾅쾅 두드리자 아버지가 잠옷 바람으로 놀라 뛰쳐나왔다.

"무, 무슨 일이냐?"

"도, 도장 아저씨가 돌아가시려 한다구 빨리 아버지 모셔 오래요!"

"그러냐? 알았다."

아버지는 허둥지둥 왕진가방을 챙겨 나섰다.

나도 다시 아버지를 따라 나섰다. 아버지는 날아갈 듯 빠른 걸음으로 벌써 저만치 앞장 섰다. 나도 아버지를 놓치지 않으려 잰걸음으로 달려갔다.

아버지는 어느새 도장 아저씨네 집으로 들어갔다. 마당에서 왔다갔다 어쩔 줄 모르고 서 있던 엄마는 아버지를 보자 멋쩍은지 얼른 집으로 들어갔다. 집으로 들어간 엄마는 부리나케 밥을 하기 시작하였다.

아버지는 오랫동안 도장 아저씨네 집에 있었다. 하지만 얼마 후, 통곡 소리가 들렸다.

"아이고, 아이고!"

꼬부랑 할머니의 애끓는 울음소리가 담을 타고 들려왔다.

"아무래도 너무 늦은 모양이다."

엄마는 아버지의 잘못이 아니라는 뜻으로 나를 보며 말했다.

아버지가 도장 아저씨를 살려 줄 줄 알았던 나는 갑자기 다리에서 힘이 쭉 빠졌다. 아버지도 손을 쓸 수가 없었던 것이다.

이 때까지 사람이 죽는 걸 한 번도 본 적이 없는 나는 무서웠다. 얼마 전까지만 해도 숨을 쉬던 사람이 갑자기 죽었다는 게 믿어지지 않았다. 그런데 엄마는 부엌에서 이상하리만치 침착하게 오랫동안 밥을 지었다. 마치 도장 아저씨의 죽음을 모른다는 듯이.

"엄마, 뭐 해?"

나는 도장 아저씨가 죽었는데도 아무렇지 않게 밥을 하는 엄마가 이상해서 물었다. 언젠가 안집에서 키우던 닭이 개에 물려 죽었을 때도 눈물을 흘리던 엄마인데 말이다.

"응, 느이 아버지가 새우젓 넣고 찐 계란찜을 좋아해서……, 새벽 바람에 나왔는데 아침 드실 겨를도 없었을 테니……."

엄마는 밥솥에 계란찜 그릇을 얹으며 묻지도 않는 말을 했다.

한참 후 아버지가 우리 방으로 들어섰다. 아버지는 손님처럼 방을 휘 둘러보았다. 그 사이 엄마는 미리 봐 두었던 밥상을 들고 나왔다.

"저, 아침 들고 가세요."

엄마는 새색시처럼 수줍게 말했다. 그러고 보니 엄마가 아버지를 위해 밥상을 차려 준 게 얼마 만인지 몰랐다. 엄마는 밥상을 아버지 앞에 놓았다.

그러자 아버지는 딱하다는 듯 볼멘소리를 하였다.

"원, 이렇게 신경이 둔해서야. 아, 그래, 지금 막 사람

숨 끊어진 걸 보고 온 사람한테 밥을 먹으라구? 쯧쯧! 어쨌든 한 고향 사람이니 뒷수습하는 거나 좀 봐 주구려. 난 그냥 가 볼 테니."

아버지는 후딱 일어섰다. 방 윗목에 잔뜩 기가 죽어 앉아 있는 수영이랑 수진이한테도 아무 말이 없었다. 아버지가 올 때마다 한바탕 소란을 피우곤 해서인지 수영이랑 수진이는 늘 아버지만 보면 기가 죽었다. 그렇게 방글방글 잘 웃고, 재잘재잘 떠들어 대던 수진이도 아버지만 보면 내 무릎에 꼭 붙어 앉아 떨어질 줄을 몰랐다.

"아……버지, 아, 안녀……."

수영이의 인사가 채 끝나기도 전에 아버지는 벌써 신작로로 휘적휘적 걸어갔다.

"엄마, 이거 우리 먹어도 돼?"

수영이가 밥상머리로 다가가 앉았다.

"그래, 어서 먹어."

"야아, 신난다!"

수영이와 수진이는 신이 나서 계란찜을 먹기 시작하였다.

"엄마두 먹어."

나는 아무렇지 않은 얼굴로 말했다.

"엄마는 도장 아저씨네 가 볼 테니 너나 어서 먹어."

엄마는 슬그머니 밖으로 나갔다.

난 꾸역꾸역 밥을 먹었다. 도장 아저씨가 죽었는데도 그까짓 것 눈곱만큼도 슬프지 않다는 듯이, 아버지가 엄마한테 지청구를 주고 갔어도 아무렇지 않다는 듯이 숟가락에 밥을 산처럼 높게 떠서는 입에다 자꾸자꾸 쑤셔 넣었다.

그 날 오후, 학교에서 돌아오던 나는 깜짝 놀랐다. 사람들이 웅성거리며 신작로에 서 있었기 때문이었다. 나는 사람들을 헤치고 무슨 일인가 바라보았다.

"아니!"

나는 벌어진 입을 다물 수가 없었다. 아무도 말을 해주지 않았지만 그건 분명 도장 아저씨였다. 도장 아저씨는 하얀 홑이불에 둘둘 말린 채 과수원집 머슴인 곰보 아저씨가 끌고 가는 손수레에 누워 있었다. 아저씨는 '맨발의 청춘'에 나오던 신성일처럼 손수레에 실려 공동묘지로 가는 중이었다.

나는 천안이나 황지, 영월에서도 어쩌다 사람이 죽어 상여가 나가는 걸 본 적이 있다. 대부분 빨강, 노랑, 하양 종이꽃으로 둘러싸인 상여를 타고 상여꾼들의 구슬픈 노래 속에서 천천히 저승길로 떠났다. 삼베옷을 입은 상주

들과 만장을 든 사람들이 슬픈 얼굴로 그 뒤를 따라갔다. 그러나 이건 너무 달랐다. 아무렇게나 홑이불에 둘둘 말린 채 손수레에 실려 가다니!

"아이고, 아이고! 불쌍한 내 새끼!"

꼬부랑 할머니 혼자 쉰 목소리로 곡을 하며 손수레 뒤를 따라갔다. 며칠 전보다 더 허리가 굽어서 할미꽃 같은 모습이었다.

'너무 불쌍하다. 저렇게 초라한 모습으로 떠나다니.'

나는 그 자리에서 꼼짝도 할 수가 없었다. 처음 우리 집에 왔을 때, 분칠한 여자처럼 하얗던 도장 아저씨의 얼굴을 떠올렸다. 언젠가 멋진 소설을 쓸 거라며 환하게 웃던 모습이며 「노인과 바다」를 주던 일, 꼭 훌륭한 작가가 되라던 따뜻한 말, 드롭스를 건네 주던 슬픈 눈빛이며 벼락 맞은 대추나무 도장까지.

'아, 아저씨!'

나는 갑자기 도장 아저씨에게 미안한 마음이 들었다. 그토록 나에게 뭔가를 주고 싶어했던 좋은 아저씨였는데. 그런 아저씨가 꽃 한 송이 없이 초라하게 공동묘지로 가는 게 너무 불쌍했다. 아저씨의 마지막 가는 길에 꽃 한 송이라도 놓아 주고 싶었다. 그 때 문득 안채의 꽃밭에 핀 국화꽃이 떠올랐다.

나는 부리나케 안채로 달려갔다. 서리를 맞은 노란 국화는 아직 탐스럽게 피어 있었다. 난 힘을 주어 국화꽃 세 송이를 꺾었다. 코끝에 알싸한 국화 냄새가 풍겨 왔다.

국화꽃을 손에 쥔 나는 부리나케 신작로로 나갔다. 손수레는 아직 삼거리를 채 못 돌아갔다. 동네 사람들도 아직 서성대며 손수레 꽁무니를 바라보고 있었다.

나는 손수레를 향해 마구 달려갔다. 손수레가 점점 가까워지면서 홑이불에 둘둘 말린 도장 아저씨가 보였다. 꼬부랑 할머니는 울어서 짓무른 눈으로 다리를 질질 끌며 따라가고 있었다.

손수레 가까이 다가가자 나는 숨이 멎을 것처럼 무서웠다. 마음 같아서는 도로 돌아가고 싶었다. 하지만 난 입술을 꼭 깨물곤 손수레 쪽으로 다가갔다.

나는 손수레 위에다 얼른 노란 국화꽃 세 송이를 던졌다. 국화꽃은 툭 소리를 내며 아저

씨의 몸 위로 살짝 내려앉았다. 마치 아저씨가 손으로 받은 것처럼.

'도장 아저씨, 안녕히 가세요. 하늘나라에 가서 부디 건강하세요. 그리고…… 이 다음에 제가 아저씨 대신 꼭 작가가 될게요, 그러면 아저씨도 기쁘시겠지요? 아저씨, 안녕!'

인사를 마친 나는 뒤도 돌아보지 않고 후닥닥 오던 길을 되돌아왔다.

그 날 밤부터였다. 온몸에서 열이 펄펄 끓었다. 어금니가 저절로 딱딱 맞부딪쳤다.

"아이고, 무슨 지집애가 그렇게 겁이 없어. 그래, 거기다 꽃은 왜 갖다 주고 와! 아이구, 죽은 사람이 제발 우리 수희한테 해코지나 안 하고 갔으면 좋으련만. 살아 있을 때도 그렇게 이쁘다고 입이 닳도록 칭찬하더니 귀신이 되어서까지 애한테 달라 붙으면 어쩌나."

엄마는 찬 물수건을 이마에 얹으며 안절부절 못했다. 엄마는 아버지한테 약을 지어다가 탕약까지 다렸다.

'나도 죽으면 도장 아저씨처럼 공동묘지에 묻힐까?'

자리에 누워 있던 나는 슬슬 겁이 났다.

사실, 청령포를 갈 때마다 아이들이 제일 무서워하는 길이 바로 공동묘지였다. 어떤 아이는 비가 부슬부슬 내리는 날, 하얀 옷을 입은 귀신이 무덤 사이에 서 있는 걸 본 적이 있다고 했다. 그래서 아이들은 되도록 날이 어두워지기 전에 집으로 돌아오곤 했다. 어쩌면 나도 죽어서 그 무서운 공동묘지에 묻힐지 모른다고 생각하니 식은땀이 줄줄 흘렀다. 항상 멀게만 느껴지던 죽음이 사실은 그림자처럼 항상 사람 곁을 따라다니고 있다는 게 새삼 놀라웠다.

나는 무서운 나머지 잠을 자지 않으려고 애를 썼다. 하지만 눈꺼풀이 슬슬 저절로 감겼다. 잠을 자면 또 무서운 악몽을 꾸었다. 도장 아저씨가 공동묘지에서 나에게 손짓을 하는 꿈이었다.

"아악!"

나는 가위에 눌려 소리를 질렀다. 깨고 나면 온몸이 땀으로 흥건했다.

엄마는 작은 상에다 물을 떠 놓고는 빌고 또 빌었다.

"천지신명이여, 제발 우리 딸을 굽어 살펴 주시옵소서. 아직도 저승을 가지 못한 채 우리 딸 곁을 떠도는 불쌍한 영혼을 부디 극락왕생하도록 해 주시옵소서. 제발 비나이다, 비나이다, 천지신명께 비나이다."

엄마의 목소리가 꿈결에 아련하게 들렸다.

17

도장 아저씨를 공동묘지에 묻은 후 꼬부랑 할머니는 책이며 이불 같은 살림살이들을 빈 밭에서 다 태운 후 고향의 딸네 집으로 갔다.

내가 며칠을 앓고 오랜만에 간 학교는 어수선했다. 이제 얼마 후면 6학년이 끝나고 우린 중학교에 가는 것이다. 영월 중학교나 석정 여자 중학교 둘 중에서 골라야만 했다.

그러던 어느 날이었다. 이동춘 선생님이 내게 물으셨다.

"수희야, 너, 서울 가서 공부할래?"

"네? 서, 서울이라구……요?"

나는 '서울'이라는 말에 불에 덴 듯 깜짝 놀랐다. 수학 여행 가서 혼자 길을 잃고 보았던 풍경들이 저절로 떠올랐다.

"그래. 이번에 영월 국민 학교에서 몇 명이 서울 중학교로 시험을 보러 가는데, 너 정도 실력이면 붙을 것 같은데, 어떠니? 서울에 친척이라도 있어?"

"이종 사촌 언니들이랑 작은집이 있지만 아버지가 안 보내 주실 거예요."

나는 말도 안 되는 소리라는 듯 고개를 설레설레 내저었다. 너무나 뜻밖의 말이었기 때문이었다. 천안의 이종 사촌 언니들이 서울 효자동에 집을 얻어 학교를 다닌다는 건 알고 있지만 나는 고개를 저었다. 언니들이 날 데리고 있고 싶어할는지 어떤지도 모르고, 작은집도 겨우 입에 풀칠이나 하는 처지였기 때문이었다.

"수희야, 그래도 한번 아버지한테 말씀을 드려 보렴."

"안 돼요, 선생님!"

나는 완강하게 고개를 저었다.

"그럼, 선생님이 한번 아버지를 만나 볼까? 너를 보면 꼭 내 어릴 때 생각이 나는구나. 사실, 선생님도 너처럼 어릴 때 아버지를 빼앗겼지."

선생님은 내 손목을 꼭 잡고는 어린 시절 이야기를

들려 주셨다.

"우리 집은 시골에서 아주 큰 양조장을 했단다. 부자였지. 하지만 아버지가 작은부인을 얻는 바람에 엄마와 난 늘 뒷방에서 살았단다. 엄마의 슬픈 얼굴을 볼 때마다 어떻게 해서든지 엄마를 기쁘게 해 드리고 싶었다. 그래서 공부를 열심히 해서 선생님이 되었지. 수희야, 너도 이 다음에 커서 훌륭한 사람이 되어 엄마를 기쁘게 해 드리고 너도 빛나는 삶을 살기 바란다. 그러니 한번 용기를 내 보렴. 사람한테는 늘 기회가 찾아오는 게 아니거든."

선생님은 축축이 물기 어린 눈으로 나를 바라보셨다.

나는 코끝이 찡해졌다.

'아, 선생님도 나하고 똑같구나, 나처럼 아버지를 빼앗기고 산 거야. 그런데도 이렇게 훌륭한 선생님이 된 거야.'

나는 갑자기 날개를 단 것처럼 용기가 생겼다.

사실은 수학 여행을 다녀온 후 내 마음 속에는 날마다 '서울'이 숨어 있었다. 나는 서울 가는 기차가 기적소리를 울리며 지나 갈 때마다 속으로 빌었다.

'아, 나도 저 기차를 타고 여기를 떠날 수 있다면……'

그런데 선생님이 서울 중학교로 시험을 보러 가라니, 이런 기회가 나한테 찾아온 게 믿을 수가 없었다. 내 마음 속에 서울로 떠나는 기차의 기적 소리가 들리는 듯하였다. 하지만 아버지가 날 보내 줄 리가 없었다. 무슨 돈으로 나를 서울로 보낸단 말인가.

며칠 후, 선생님은 약속대로 내 손을 꼭 잡고 '서울한의원'으로 가셨다. 나는 속으로 성질이 불 같은 아버지가 혹시나 선생님 앞에서 우리 형편에 무슨 서울 유학이냐며 소리를 지를까 봐 겁이 났다. 너무 긴장한 나머지 손바닥이 땀으로 축축해졌다.

"수희야, 그렇게 떨지 마. 일단 부딪쳐 보는 거야."

선생님은 내 마음을 다 안다는 듯 손을 더욱 힘주어 잡았다.

선생님이 찾아가자 아버지는 의아한 얼굴로 진찰실에서 나왔다. 그 쪽 엄마도 옆자리에 바짝 앉았다.

"선생님, 무슨 일로 이렇게 오셨어요?"

그 쪽 엄마가 궁금한 듯 상냥하게 물었다.

"네, 이제 얼마 후면 서울의 중학교에 입학원서를 내야 하거든요. 우리 수희를 서울 학교로 보내면 어떨까, 하고 이렇게 찾아왔습니다."

선생님은 미리 연습을 한 것처럼 또랑또랑하게 말했다.

"네? 서, 서울 학교라구요?"

그 쪽 엄마의 눈이 화등잔만 해졌다.

나는 가슴이 더욱더 두근두근거렸다. 이제 그 쪽 엄마보다 더 놀란 아버지가 소리를 꽥 지를 것만 같았다. 아니나 다를까 아버지는 첫마디부터 목소리가 파르르 떨렸다. 그건 아버지 마음이 지금 몹시 불편하다는 뜻이었다.

"그렇지요. 옛말에, 사람은 태어나서 서울로 보내고 말은 제주도로 보내라는 말이 있지요. 저도 한때는 서울 가는 게 꿈이었습니다. 그래서 늘 간판 이름도 '서울 한의원'으로 지었지요. 하지만 지금 제겐 무리입니다. 선생님도 잘 아시겠지만 두 집 살림을 하는 것만으로도 벅찬 형편입니다. 아, 물론 우리 수희 서울 가면…… 잘 클겁니다. 그러나 진짜 똑똑하다면 어디선들 제 앞가림 못 하겠습니까?"

아버지는 더 이상 할 말이 또 있느냐는 듯 선생님을 똑바로 쳐다보았다.

"그래도 아직 며칠 여유가 있으니 한번 더 생각을 해보시는 게 어떨까요?"

선생님은 더욱더 차분하고 상냥하게 물었다.

"열 번을 생각해도 마찬가지입니다. 그럼, 이만……."

아버지는 벌떡 일어나 진찰실로 들어갔다.

선생님과 나는 아무 말 없이 두 손을 꼭 쥐고 아버지의 집을 나왔다.

"수희야, 아직 며칠 시간이 있으니 그래도 희망을 가져 보렴."

선생님이 위로를 해 주었지만 나는 저절로 고개가 툭 떨궈졌다.

'그러면 그렇지. 내가 무슨 서울에 간다구…….'

나는 마치 날갯죽지를 꺾인 새처럼 어깨의 힘이 쫙 빠졌다.

집에 돌아온 나는 이불을 머리끝까지 뒤집어쓰고 아랫목에 누웠다. 모든 게 다 귀찮았다. 우리 집 형편에 내가 서울로 가서 학교를 다닌다는 것은 사치였고, 나도 다른 아이들처럼 영월에 있는 중학교를 다니면 그만이었다. 그런데도 왜 이렇게 서러운 것일까?

나는 서울에 대한 미련을 좀처럼 떨쳐 버릴 수가 없었다. 그건 서울에 대한 동경 때문이 아니었다. 난 아버지가 없는 곳, 아버지가 없는 나라에 가고 싶어 몸살이 났던 것이다. 아버지가 없는 곳에서 하늘을 날아가는 새처럼 훨훨 자유롭게 살고 싶었던 것이다. 그럴 줄 알았으면 차라리 수학 여행 갔을 때 멀리멀리 도망갈 걸 그랬다는 생각까지 들 지경이었다.

"수희야, 그렇게 꼭 서울에 가고 싶니?"

엄마가 누워 있는 내 등 뒤에서 조심스레 물었다.

"그래, 가고 싶어! 가고 싶단 말이야! 이 지겨운 집에서 멀리멀리 도망가고 싶단 말이야. 그치만 어떻게 가? 어떻게 가냐구!"

나는 이불을 확 젖히고 일어나 엄마한테 화를 냈다. 마치 서울을 못 가게 된 게 엄마 때문이라는 듯이 말이다.

그런데 그 다음 날, 막 종례가 끝났을 때였다. 나는 하마터면 '악!' 소리를 지를 뻔 했다. 엄마가 우리 교실을 찾아온 것이다. 한 번도 학교에 찾아오지 않던 엄마였다. 그런 엄마가 장롱서랍 깊이 넣어 두었던 자주색 양단 치마저고리에다 토끼털 배자를 입고는 마치 부잣집 마님처럼 턱 나타난 것이었다.

"어, 엄마, 왜 왔어?"

나는 얼떨떨한 얼굴로 물었다.

"선생님 좀 만나 뵈려고."

나는 숙맥 같은 엄마가 선생님 앞에서 무슨 실수라도

할까 봐 더럭 겁이 났다. 그래서 얼른 엄마 손을 잡고 선생님에게로 갔다.

"선생님, 저희 엄마예요."

"아휴, 그러세요? 어서 이리 앉으세요."

선생님은 처음 본 엄마를 반갑게 맞아주셨다.

그런데 어찌 된 일인지 엄마는 자리에 앉자마자 단숨에 말했다. 미리 마음 속으로 열 번 백 번 연습을 한 사람 같았다.

"선생님, 우리 수희, 서울 중학교에 원서를 써 주세요."

나는 뒤통수를 망치로 한 대 맞은 듯 얼얼했다. 엄마는 제 정신이 아닌 게 분명했다. 아무런 힘도 없고 돈 한 푼 없는 엄마가 지금 무슨 말을 하는 건지 종 잡을 수 없었다.

"서울 가면 즈이 이종 사촌 언니 집에서 다니면 됩니다. 학비는 어차피 여기 있어도 들 테구요."

엄마는 또박또박 말했다.

"그래도, 수희 어머니……."

당황한 선생님이 채 말끝을 맺지 못했다.

선생님의 마음을 알아차린 듯 엄마는 얼른 또 입을 열었다.

"염려 마세요, 선생님. 우리 수희가 서울 가 있으면 저

반공
방첩

도 곧 아이들 데리고 올라 갈 겁니다. 가서 남의 집 부엌 일을 하든, 새우젓 장사를 하든 우리 수희 공부 시킬 겁니다."

나는 그 때 처음으로 보았다. 엄마의 얼굴이 당당하게 빛나는 걸. 그건 할머니나 아버지한테 구박 받으며 주눅 들어 살던 엄마의 얼굴이 아니었다. 황지에서 인호 오빠네 부엌 아줌마로 들어가던 때보다 더욱 당당한 모습이었다. 어쩌면 그 때 엄마 혼자의 힘으로 우릴 키웠던 일이 엄마에게 자신감을 심어 준 건지도 몰랐다. 어쨌든 엄마는 아주 또박또박하게 선생님에게 말했다.

"우리 수희 서울 학교에 원서를 써 주세요."

"엄마!"

나는 가슴이 벅차서 더 이상 말을 이을 수가 없었다.

그 날, 엄마는 보란 듯이 내 손을 잡고 하송리 길갓집으로 돌아왔다.

나는 집에 돌아와서도 가슴이 떨려 가만히 있을 수가 없었다.

"엄마, 진짜야? 엄마가 해 줄 수 있어? 나 서울 가도 돼?"

"그래, 넌 많이 배워야 해. 많이 배워서 판검사도 되고 의사도 되고 뭐든지 네가 하고 싶은 일을 다 하렴. 여자도 가방 끈이 길면 아무도 무시하지 못하는 거야."

엄마는 눈시울을 붉혔다. 학교 문턱에도 가 보지 못해 낫 놓고 기역자도 모르는 까막눈이라 아버지한테 버림받고 사는 거라고 믿었던 것이다. 그래서 나도 무조건 많이 배워야 한다는 생각을 갖고 있었던 것이다.

"엄마, 고마워! 엄마 말대로 열심히 공부할게, 그래서 이 다음에 엄마를 꼭 행복하게 해 줄게."

나는 엄마 가슴에 얼굴을 묻었다. 오랜만에 꺼내 입은 엄마의 양단 치마저고리에서 풍겨오는 나프탈린 냄새가 코를 찔렀지만 그래도 나는 좋았다.

그 날부터 엄마와 나는 독립운동을 하는 비밀 동지 같았다.

엄마는 천안 이모와 연락을 해서 서울에 있는 이종사촌 언니들과 함께 효자동에서 살아도 된다는 허락을 받았다.

"수희야, 잘 됐어."

선생님도 내 손을 힘주어 잡았다. 나는 알았다. 어린 시절, 나처럼 아버지를 빼앗겼던 선생님은 내가 더 넓은 곳으로 가서 내 꿈을 마음껏 펼치기를 바란다는 것을.

마침내 선생님과 나, 엄마 세 사람의 비밀스런 작전이 시작되었다.

"일단 합격만 하면 아버지도 아무 말 못 할 거야. 그때까진 입 꾹 다물고 있어. 괜히 일 그르치지 말고. 뒷감당은 내가 할 테니."

엄마는 내가 서울 학교로 간다는 사실을 알면 아버지가 달려와 펄펄 뛰며 야단을 칠 게 뻔한데도 모든 걸 다 알아서 한다고 했다. 나는 엄마가 마치 유관순 언니처럼 보였다. 유관순 언니가 우리 나라의 독립을 위해서 만세를 불렀듯이, 무지렁이 같던 엄마도 어쩌면 그 동안 늘 아버지로부터의 독립운동을 하고 있었는지도 몰랐다.

나는 아버지 몰래 서울 학교에 원서를 냈다. 도장 아저씨는 나한테 이런 날이 올 줄을 미리 알았던 것일까? 나는 원서에다 도장 아저씨가 새겨 준 도장을 꾹 찍었다. 아저씨는 이 다음에 내가 작가가 된 뒤에 펴내는 책에도 이렇게 도장을 꾹꾹 찍기를 바랐을 것이다.

'아저씨, 고마워요.'

나는 대추나무 도장을 내 손에 꼭 쥐었다. 그러고 보면 그 동안 참 많은 사람들이 나를 지켜봐 주었다. 고성주 선생님, 인호 오빠, 서울 아줌마, 도장 아저씨, 이동춘 선생님……, 그 모든 사람들은 다름 아닌 나의 길잡이 별이었다. 내가 어둠 속에서도 길을 잃지 않고 앞을 헤쳐 나갈 수 있게 그때 그때 내 앞길을 환히 밝혀 준 고마운

별.

나는 그 사람들의 보이지 않는 사랑으로 마침내 서울로 가게 된 것이라고 믿었다.

"수희야, 영월에서 시험 보는 아이들 몇 명을 데리고 나랑 교무주임 선생님이 같이 가기로 했다. 그러니 아무 걱정 말고 가자."

떠나기 며칠 전 선생님은 은밀하게 일러 주었다.

난 가슴이 콩콩 뛰어 견딜 수가 없었다.

'아, 드디어 서울 가는 기차를 타게 되었구나, 드디어!'

맨 처음 영월 하송리로 이사를 온 후 날마다 서울로 떠나는 기차를 보며 꿈꾸던 일이 이렇게 이루어지다니. 나는 모든 게 꿈만 같았다.

"누나, 서울 가? 그게 정말이야?"

"언니, 또 오뚝이 인형 사다 줄 거야?"

수영이랑 어린 동생 수진이도 덩달아 눈이 휘둥그레졌다. 수진이는 서울이라는 말에 수학 여행 때 사다 준 오뚝이 인형이 생각난 모양이다.

"응."

나는 목이 메어 더 이상 말을 할 수가 없었다. 너무나도 예쁜 수진이, 엄마를 닮아서 얼굴이 하얗고 눈이 사슴처럼 맑은 수진이를 꼬옥 안아 주었다. 수진이도 다시는 놓치지 않으려는 듯 가느다란 두 팔로 내 목을 꼭 끌어 안았다.

엄마는 떠나기 전날 밤, 내가 갓난아기 때 입었던 배냇저고리를 잘라 바지 속에 꿰매 주었다. 그걸 달고 있으면 시험에 꼭 붙는다는 미신을 그대로 믿었던 것이다.

나는 그 날 밤을 뜬눈으로 새웠다.

다음날 새벽에 집을 나서는데 하얀 눈이 나풀나풀 내렸다. 첫 눈이었다. 벚꽃잎처럼 하늘하늘 내리는 눈을 맞으며 나는 집을 나섰다.

"수희야, 침착하게 시험 잘 봐야 한다."

엄마는 기차역까지 따라오지 않았다.

선생님과 다른 아이들 몇몇이 부모를 따라 영월역으로 하나 둘 모였다.

마침내 우리는 기차에 올라탔다.

"빠아앙!"

기차는 치익 칙 소리를 내며 영월역을 떠났다. 아, 나는 마침내 기차를 탄 것이다. 서울로 가는 기차, 내 꿈을 실은 기차, 날마다 길갓집에서 바라보며 꿈을 키우던 그 기차를 탄 것이다.

기차는 마침내 기적 소리를 길게 울리며 하송리 쪽으

로 달려갔다.

난 서둘러 성에가 하얗게 낀 유리창을 소맷자락으로 쓱쓱 문질러 닦았다. 그리곤 차가운 유리창에 얼굴을 더 바짝 댔다. 기차가 하송리 우리 집 앞을 지나는 것을 내다보려고.

마침내 기차가 우리 집 앞을 지나갈 때였다.

나는 보았다.

우리 집 앞에 이른 새벽 하얀 눈을 맞으며 엄마랑 수영이, 어린 수진이 세 식구가 손을 흔들며 서 있는 모습을. 수영이가 '누나!' 라고 부르는 소리가 아련히 들리는 듯했다.

"수, 수영아. 엄마."

나는 창문에 대고 낮게 수영이와 엄마를 불렀다. 그러자 나도 모르게 눈물이 왈칵 쏟아졌다.

기차는 순식간에 우리 집 앞을 지나갔다. 하지만 나는 기차가 동강다리를 지나, 꽁꽁 얼어붙은 청령포를 지나, 멀리 연하, 쌍룡, 제천을 지나갈 때까지 유리창에서 눈을 떼지 못했다. 순하기만 한 엄마와 수영이, 어린 수진이의 모습이 유리창에 어릿거려서 가슴이 터질 듯 아파 왔다.

나는 그렇게 영월을 떠났다. 하지만 기차가 원주를 지나 서울을 향해 달려갈수록 엄마와 동생들을 두고 온 슬픔보다는 설렘이 밀려왔다.

'아, 나는 드디어 떠나는구나. 내 무지개 빛 고운 꿈을 찾아 떠나는구나. 아버지가 없는 나라, 그 자유로운 나라를 찾아 떠나는구나.'

나는 새로운 나라가 나를 기다리고 있다는 생각에 엄마와 수영이, 수진이를 하송리 그 쓸쓸한 길갓집에 남겨 두고도 웃을 수 있었다.

기차는 점점 서울을 향해 달려갔다.

열세 살짜리, 내 꿈을 싣고서.

아버지는 풀꽃 모자를 쓰고…

어린 시절, 우린 늘 무엇인가를 갖고 싶은 꿈을 꾸며 살지요. 장난감이나 인형, 짝꿍이 가지고 있던 새로 나온 학용품이나 새 운동화, 새 가방, 자전거, 피아노 같은 것들을. 그래서 늘 이 다음에 부자가 되면 이걸 사야지, 저걸 사야지, 하는 다짐을 하기도 합니다.

저도 그랬습니다. 달콤한 사탕이나 과자, 드롭스, 초콜릿 따위를 파는 과자 가게 주인이 되었으면, 예쁜 옷 가게 주인이 되었으면, 온갖 학용품이 잔뜩 진열되어 있는 문방구 주인이 되었으면……. 그래서 내가 갖고 싶은 걸 원 없이 갖게 되는 꿈을 꾸곤 했습니다. 하지만 그런 생각은 잠시 뿐이었고, 정말로 내가 갖고 싶은 건 따로 있었습니다. 안타깝게도 그건 내가 아무리 돈을 많이 모아서 부자가 된다고 해도 결코 가질 수 없는 것이었습니다. 다른 아이들은 저절로 가질 수 있는 것이었지만 내겐, 마치 저 하늘 높이 걸린 달이나 별을 따는 것보다 더 힘든 것이었습니다. 그렇게 힘이 들면 힘이 들수록 나는 가질 수 없는 걸 갖고 싶어서 안달이 났습니다. 때로는 너무 간절하게 그리워한 나머지 온몸이 열에 들뜨기도 했고, 아무리 밥을 많이 먹어도, 아무리 사탕이나 과자를 많이 먹어도 늘 속이 헛헛하고 뭔가가 텅 빈 것만 같았습니다.

내가 그토록 간절히 갖고 싶었던 건 바로 '아버지'였습니다. 아무리 가난한 아이도, 아무리 공부를 못하는 아이도, 아무리 못생긴 아이도 다 아버지가 있건만, 나는 왜 아버지가 없는 것일까. 아버지가 돌아가신 것도 아닌데 나는 어찌하여 아버지와 함께 살 수가 없는 것일까. 어린 시절 그건 내게 너무나 큰 슬픔이며 그리움이었습니다. 이 작품은 바로 그런 슬픔과 그리움 때문에 쓴 것인지도 모릅니다.

열 살이 되던 해부터 열세 살까지, 고향인 충청남도 천안을 떠나 밤이면 호랑이가 눈에 불을 켜고 나온다던 강원도 황지(태백)와 영월로 떠돌아다니며 살던 한 여자아이가 겪은 성장소설 안에는 아버지를 그리워하는 애틋한 마음이 오롯이 묻어 있습니다. 하지만, 이 작품 속에 들어 있는 모든 이야기들이 사실인가, 꾸며 낸 이야기인가는 결코 중요하지 않으리라 생각합니다. 작가는 자기 마음 속에 숨어 있던 조그마한 씨앗들로 또 다른 꽃을 피워 내는 사람이니까요.

그럼에도 불구하고 나는 이 글을 쓰면서 정말 오랜만에 내 어린 시절 그리움의 대상, 미움의 대상이었던 아버지와 사이좋게 화해를 한 기분이었습니다. 그토록 갖고 싶었던 아버지가 사실은 아주 오래 전부터 내 안에 들어와 나와 함께 살고 있었다는 것, 하지만 이제 내가 손잡기엔 너무 먼 곳에 가 계시다는 걸 깨닫자 왜 그렇게 눈물이 나오던지……. 나는 너무 뒤늦게 어른이 된 것이었습니다.

이젠, 돌아가신 뒤 한 번도 가 본 적이 없는 아버지의 산소를 찾아가 이 책을 바치고 싶은 마음입니다. 그리고 이렇게 조그맣게 속삭이고 싶습니다. '저를 동화 작가로 만든 건 바로 아버지예요' 라고.

그러면 아버지는 풀꽃 모자를 환하게 쓴 채 나를 보며 이렇게 말하겠지요.

'허허, 내 딸이 찾아올 줄 알았다.' 하고요.

단풍꽃이 곱게 핀 늦가을에

이 규 희

푸른책들이 펴낸 '이규희 작가'의 책들

아버지가 없는 나라로 가고 싶다 (푸른도서관 2)
아빠 좀 빌려 주세요 (작은도서관 27)
모래시계가 된 위안부 할머니 (네버엔딩스토리 19)

이규희 1952년 충남 천안에서 태어나 강원도 황지(태백), 영월에서 어린 시절을 보냈다. 성균관대학교 사서교육원을 나와 보성여자고등학교에서 오랫동안 사서 교사로 일하다가 지금은 창작 활동에만 전념하고 있다.
1978년 '소년중앙문학상'에 동화가 당선되어 활동을 시작한 이후 한국동화문학상 · 한국아동문학상 · 어린이문화대상 · 세종아동문학상을 수상하였으며, 초등 학교 〈국어〉 교과서에 동화 『아빠 좀 빌려 주세요』가 실렸다. 지은 책으로는 『구름 위의 큰 새』, 『달팽이는 이제 울지 않아요』, 『우리 집 행복은 자전거를 타고 왔다』, 『깔끔이 아저씨』, 『대장이 된 복실이』, 『아빠 좀 빌려 주세요』, 『난 이제부터 남자다』, 『아버지가 없는 나라로 가고 싶다』 등이 있다.

이창훈 1970년 전남 여수에서 태어나 중앙대학교 대학원에서 한국화를 공부했다. 2000년 대한민국미술대전에서 '특선'을 수상했으며 그린 책으로는 『청아 청아 예쁜 청아』, 『노래 주머니』, 『아버지가 없는 나라로 가고 싶다』 등이 있다.

푸른도서관은 10대에서 20대까지 눈부신 성장을 거듭하는 푸른 세대를 위한 본격 문학 시리즈입니다.

1 **뢰제의 나라** 강숙인 | 윤석중문학상 수상작
2 **아버지가 없는 나라로 가고 싶다** 이규희 | 세종아동문학상 수상 작가
3 **까망머리 주디** 손연자 | 경기도 학교도서관 사서협의회 권장도서, 책따세 추천도서
4 **이빠 언니** 강정님 | 서울시교육청 교과별 권장도서
5 **너도 하늘말나리야** 이금이 | 책따세 추천도서, 중앙일보 좋은책 100선 선정도서
6 **내 이름엔 별이 있다** 박윤규 | 서울시립어린이도서관 추천도서
7 **토끼의 눈** 강정규 | 세종아동문학상 수상작, 아침독서 청소년 추천도서
8 **화랑 바도루** 강숙인 | 동화읽는가족 추천도서
9 **유진과 유진** 이금이 | 책따세 추천도서, 어린이도서연구회 청소년 권장도서
10 **마사코의 질문** 손연자 | 세종아동문학상 수상작, SBS 어린이미디어대상 수상작
11 **아, 호동 왕자** 강숙인 | 경기도 학교도서관 사서협의회 권장도서
12 **길 위의 책** 강 미 | 제3회 푸른문학상 수상작, 책따세 추천도서
13 **느티는 아프다** 이용포 | 한국문화예술위원회 우수문학도서
14 **발끝으로 서다** 임정진 | 책따세 추천도서
15 **마지막 왕자** 강숙인 | 중앙일보 좋은책 100선 선정도서, 어린이도서연구회 권장도서
16 **초원의 별** 강숙인 | 동화읽는가족 추천도서
17 **주머니 속의 고래** 이금이 | 대한출판문화협회 올해의 청소년도서
18 **쥐를 잡자** 임태희 | 제4회 푸른문학상 수상작, 아침독서 청소년 추천도서
19 **바람의 아이** 한석청 | 어린이도서연구회 권장도서
20 **베스트 프렌드** 이경혜 외 4인 앤솔러지 | 어린이도서연구회 청소년 권장도서
21 **리남행 비행기** 김현화 | 제5회 푸른문학상 수상작, 책따세 추천도서
22 **겨울, 블로그** 강 미 | 문화체육관광부 우수 교양도서, 아침독서 청소년 추천도서
23 **네가 하늘이다** 이윤희 | 아침독서 청소년 추천도서, 한국어린이문화대상 수상작
24 **벼랑** 이금이 | 한국문화예술위원회 우수문학도서, 아침독서 청소년 추천도서
25 **뚜깐뎐** 이용포 | 대한출판문화협회 올해의 청소년도서
26 **천년별곡** 박윤규 | 오월문학상 수상 작가
27 **지귀, 선덕 여왕을 꿈꾸다** 강숙인 | 책따세 추천도서, 한국출판인회의 북리펀드 선정도서
28 **청아 청아 예쁜 청아** 강숙인 | 한국출판회의 선정 이달의 책
29 **살리에르, 웃다** 문부일 외 3인 앤솔러지 | 제6회 푸른문학상 수상작, 아침독서 청소년 추천도서
30 **사라지지 않는 노래** 배봉기 | 문화체육관광부 우수 교양도서, 한국출판인회의 북리펀드 선정도서
31 **김홍도, 조선을 그리다** 박지숙 | 문화체육관광부 우수 교양도서, 소년조선일보 추천도서
32 **새가 날아든다** 강정규 | 세종아동문학상 수상 작가, 아침독서 청소년 추천도서
33 **에네껜 아이들** 문영숙 | 책따세 추천도서, 대한출판문화협회 올해의 청소년도서
34 **밤나무정의 기판이** 강정님 | 한국아동문예상 수상 작가
35 **스쿠터 걸** 이 은 | 한국간행물윤리위원회 우수 청소년저작 당선작
36 **우리 반 인터넷 소설가** 이금이 | 초등학교·중학교 교과서 수록 작가
37 **열네 살, 비밀과 거짓말** 김진영 | 한국간행물윤리위원회 청소년 권장도서

*〈푸른도서관〉 시리즈는 계속 나옵니다!